www.ingramcontent.com/pod-product-compliance
Lightning Source LLC
LaVergne TN
LVHW050753051026
849532LV00008B/2856
9789369085101

بڑوں نے لکھا بچوں کے لئے ۔ ۲

بچوں کے پریم چند

جمع و ترتیب : اعجاز عبید

Bachchon ke Prem Chand *(Kids Stories)*

by: Prem Chand

Edition: April '2025

Publisher :

Taemeer Publications LLC (Michigan, USA / Hyderabad, India)

ISBN 978-93-6908-510-1

9 789369 085101

کتاب	:	**بچوں کے پریم چند** (کہانیاں)
مصنف	:	**پریم چند**
صنف	:	ادب اطفال
ناشر	:	تعمیر پبلی کیشنز (حیدرآباد، انڈیا)
سالِ اشاعت	:	۲۰۲۵ء
صفحات	:	۸۶
سرورق ڈیزائن	:	تعمیر ویب ڈیزائن

فہرست

بڑوں نے لکھا بچوں کے لئے ۔ ۲

بچوں کے پریم چند

جمع و ترتیب : اعجاز عبید

حج اکبر

منشی صابر حسین کی آمدنی کم تھی اور خرچ زیادہ۔ اپنے بچہ کے لیے دایہ رکھنا گوارا نہیں کر سکتے تھے۔ لیکن ایک تو بچہ کی صحت کی فکر اور دوسرے اپنے برابر والوں سے ہیٹے بن کر رہنے کی ذلت اس خرچ کو برداشت کرنے پر مجبور کرتی تھی۔ بچہ دایہ کو بہت چاہتا تھا۔ ہر دم اس کے گلے کا ہار بنا رہتا۔ اس وجہ سے دایہ اور

بھی ضروری معلوم ہوتی تھی۔ مگر شاید سب سے بڑا سبب یہ تھا کہ وہ مروت کے باعث دایہ کو جواب دینے کی جرات نہ کر سکتے تھے۔

بڑھیا ان کے یہاں تین سال سے نوکر تھی۔ اس نے ان کے اکلوتے بچے کی پرورش کی تھی۔ اپنا کام دل وجان سے کرتی تھی۔ اسے نکالنے کا کوئی حیلہ نہ تھا اور خواہ مخواہ کھچڑ نکالنا صابر جیسے حلیم شخص کے لیے غیر ممکن تھا۔ مگر شاکرہ اس معاملہ میں اپنے شوہر سے متفق نہ تھی۔ اسے شک تھا کہ دایا ہم کو لوٹے لیتی ہے۔ جب دایا بازار سے لوٹتی تو وہ دہلیز میں چھپی رہتی کہ دیکھوں آٹا چھپا کر تو نہیں رکھ دیتی۔ لکڑی تو نہیں چھپا دیتی۔ اس کی لائی ہوئی چیز کو گھنٹوں دیکھتی، پچھتاتی، بار بار پوچھتی اتنا ہی کیوں؟ کیا بھاؤ ہے؟ کیا اتنا مہنگا ہو گیا؟ دایہ کبھی تو ان بدگمانیوں کا جواب ملائمت سے دیتی۔ لیکن جب بیگم زیادہ تیز ہو جاتیں، تو وہ بھی کڑی پڑ جاتی تھی۔ قسمیں کھاتی، صفائی کی شہادتیں پیش کرتی۔ تردید اور حجت میں گھنٹوں لگ جاتے۔ قریب قریب روزانہ یہی کیفیت رہتی تھی اور روز یہ ڈراما دایہ کی خفیف سی اشک ریزی کے بعد ختم ہو جاتا تھا۔ دایہ کا اتنی سختیاں جھیل کر

پڑے رہنا شاکرہ کے شکوک کی آب ریزی کرتا تھا۔ اسے کبھی یقین نہ آتا تھا کہ یہ بڑھیا محض بچے کی محبت سے پڑی ہوئی ہے۔ وہ دایہ کو ایسے لطیف جذبہ کا اہل نہیں سمجھتی تھی۔

اتفاق سے ایک روز دایہ کو بازار سے لوٹنے میں ذرا دیر ہو گئی۔ وہاں دو کنجڑنوں میں بڑے جوش و خروش سے مناظرہ تھا۔ ان کا مصور طرز ادا۔ ان کا اشتعال انگیز استدلال۔ ان کی متشکل تضحیک۔ ان کی روشن شہادتیں اور منور روایتیں ان کی تعریض اور تردید سب بے مثال تھیں۔ زہر کے دو دریا تھے۔ یا دو شعلے جو دونوں طرف سے امڈ کر باہم گتھ گئے تھے۔ کیا روانی زبان تھی۔ گویا کوزے میں دریا بھرا ہوا۔ ان کا جوش اظہار ایک دوسرے کے بیانات کو سننے کی اجازت نہ دیتا تھا۔ ان کے الفاظ کی ایسی رنگینی، تخیل کی ایسی نوعیت، اسلوب کی ایسی جدت، مضامین کی ایسی آمد، تشبیہات کی ایسی موزونیت اور فکر کی ایسی پرواز پر ایسا کون سا شاعر ہے جو رشک نہ کرتا۔ صفت یہ تھی کہ اس مباحثہ میں تلخی یا دل آزاری کا شائبہ بھی نہ تھا۔ دونوں بلبلیں اپنے اپنے ترانوں میں محو تھیں۔ ان کی

متانت، ان کا ضبط، ان کا اطمینان قلب حیرت انگیز تھا۔ ان کے ظرف دل میں اس سے کہیں زیادہ کہنے کی اور بدرجہا زیادہ سننے کی گنجائش معلوم ہوتی تھی۔ الغرض یہ خالص دماغی، ذہنی مناظرہ تھا۔ اپنے اپنے کمالات کے اظہار کے لیے۔ ایک خالص زور آزمائی تھی اپنے اپنے کرتب اور فن کے جوہر دکھانے کے لیے۔

تماشائیوں کا ہجوم تھا۔ وہ بتذل کنایات و اشارے جن پر بے شرمی کو شرم آتی۔ وہ کلمات رکیک جن سے عفونت بھی دور بھاگتی۔ ہزاروں رنگین مزاجوں کے لیے محض باعث تفریح تھے۔

دایہ بھی کھڑی ہو گئی کہ دیکھوں کیا ماجرا ہے۔ پر تماشا اتنا دلاویز تھا کہ اسے وقت کا مطلق احساس نہ ہوا۔ یکایک نو بجنے کی آواز کان میں آئی تو سحر ٹوٹا۔ وہ لپکی ہوئی گھر کی طرف چلی۔

شاکرہ بھری بیٹھی تھی۔ دایہ کو دیکھتے ہی تیور بدل کر بولی، کیا بازار میں کھو گئی تھیں ؟ دایہ نے خطاوارانہ انداز سے سر جھکا لیا اور بولی، ''بیوی ایک جان پہچان کی ماما سے ملاقات ہو گئی اور باتیں کرنے لگی۔''

شاکرہ جواب سے اور بھی برہم ہوئی۔ یہاں دفتر جانے کو دیر ہو رہی ہے تمہیں سیر سپاٹے کی سوجھی ہے۔ مگر دایہ نے اس وقت دبنے میں خیریت سمجھی۔ بچہ کو گود میں لینے چلی۔ پر شاکرہ نے جھڑک کر کہا، ''رہنے دو۔ تمہارے بغیر بے حال نہیں ہوا جاتا۔''

دایہ نے اس حکم کی تعمیل ضروری نہ سمجھی۔ بیگم صاحبہ کا غصہ فرو کرنے کی اس سے زیادہ کارگر کوئی تدبیر ذہن میں نہ آئی۔ اس نے نصیر کو اشارے سے اپنی طرف بلایا۔ وہ دونوں ہاتھ پھیلائے لڑکھڑاتا ہوا اس کی طرف چلا۔ دایہ نے اسے گود میں اٹھا لیا اور دروازہ کی طرف چلی۔ لیکن شاکرہ باز کی طرح جھپٹی اور نصیر کو اس کی گود سے چھین کر بولی، ''تمہارا یہ مکر بہت دونوں سے دیکھ رہی ہوں۔ یہ تماشے کسی اور کو دکھائیے۔ یہاں طبیعت سیر ہو گئی۔''

دایہ نصیر پر جان دیتی تھی اور سمجھتی تھی کہ شاکرہ اس سے بے خبر نہیں ہے۔ اس کی سمجھ میں شاکرہ اور اس کے درمیان یہ ایسا مضبوط تعلق تھا جسے معمولی ترشیاں کمزور نہ کر سکتی تھیں۔ اسی وجہ سے باوجود شاکرہ کی سخت زبانیوں کے

اسے یقین نہ آتا تھا کہ وہ واقعی مجھے نکالنے پر آمادہ ہے۔ پر شاکرہ نے یہ باتیں کچھ اس بے رخی سے کیں اور بالخصوص نصیر کو اس بے دردی سے چھین لیا کہ دایہ سے ضبط نہ ہو سکا۔ بولی، ''بیوی مجھ سے کوئی ایسی بڑی خطا تو نہیں ہوئی۔ بہت ہو گا تو پاؤ گھنٹہ کی دیر ہوئی ہو گی۔ اس پر آپ اتنا جھلا رہی ہیں۔ صاف صاف کیوں نہیں کہہ دیتیں کہ دوسرا دروازہ دیکھو۔ اللہ نے پیدا کیا ہے تو رزق بھی دے گا۔ مزدوری کا کال تھوڑا ہی ہے۔''

شاکرہ: ''تو یہاں تمہاری کون پروا کرتا ہے۔ تمہاری جیسی مامائیں گلی گلی ٹھوکریں کھاتی پھرتی ہیں۔''

دایہ: ''ہاں خدا آپ کو سلامت رکھے۔ مامائیں دائیاں بہت ملیں گی۔ جو کچھ خطا ہوئی ہو۔ معاف کیجئے گا۔ میں جاتی ہوں۔''

شاکرہ: ''جا کر مردانے میں اپنی تنخواہ کا حساب کر لو۔''

دایہ: ''میری طرف سے نصیر میاں کو اس کی مٹھائیاں منگوا دیجئے گا۔''

اتنے میں صابر حسین بھی باہر سے آ گئے۔ پوچھا، ''کیا ہے؟''

دایہ : ''کچھ نہیں۔ بیوی نے جواب دے دیا ہے۔ گھر جاتی ہوں۔''

صابر حسین خانگی تر ددات سے یوں بچتے تھے جیسے کوئی برہنہ پا کانٹوں سے بچے۔ انہیں سارے دن ایک ہی جگہ کھڑے رہنا منظور تھا۔ پر کانٹوں میں پیر رکھنے کی جرأت نہ تھی۔ چیں بہ جبیں ہو کر بولے، ''بات کیا ہوئی؟''

شاکرہ : ''کچھ نہیں۔ اپنی طبیعت۔ نہیں جی چاہتا نہیں رکھتے۔ کسی کے ہاتھوں بک تو نہیں گئے۔''

صابر : ''تمہیں بیٹھے بٹھائے ایک نہ ایک کھچڑی سوجھتی رہتی ہے۔''

شاکرہ : ''ہاں مجھے تو اس بات کا جنون ہے۔ کیا کروں خصلت ہی ایسی ہے تمہیں یہ بہت پیاری ہے۔ تو لے جا کر گلے باندھو! میرے یہاں ضرورت نہیں ہے۔''

دایہ گھر سے نکلی۔ تو اس کی آنکھیں لبریز تھیں۔ دل نصیر کے لیے تڑپ رہا تھا کہ ایک بار بچے کو گود میں لے کر پیار کر لوں۔ پر یہ حسرت لیے اسے گھر سے نکلنا پڑا۔ نصیر دایہ کے پیچھے پیچھے دروازے تک آیا۔ لیکن جب دایہ نے دروازہ باہر

سے بند کر دیا تو مچل کر زمین پر لیٹ گیا اور انا انا کہہ کر رونے لگا۔ شاکرہ نے چمکارا، پیار کیا، گود میں لینے کی کوشش کی۔ مٹھائی کا لالچ دیا۔ میلہ دکھانے کا وعدہ کیا۔ اس سے کام نہ چلا تو بندر اور سپاہی اور لولو اور ہوا کی دھمکی دی۔ پر نصیر پر مطلق اثر نہ ہوا۔ یہاں تک کہ شاکرہ کو غصہ آ گیا۔ اس نے بچے کو وہیں چھوڑ دیا اور گھر آ کر گھر کے دھندوں میں مصروف ہو گئی۔ نصیر کا منہ اور گال لال ہو گئے۔ آنکھیں سوج گئیں۔ آخر وہ وہیں زمین پر سسکتے سسکتے سو گیا۔

شاکرہ نے سمجھا تھا تھوڑی دیر میں بچہ رو دھو کر چپ ہو جائے گا۔ پر نصیر نے جاگتے ہی پھر انا کی رٹ لگائی۔ تین بجے صابر حسین دفتر سے آئے اور بچے کی یہ حالت دیکھی تو بیوی کی طرف قہر کی نگاہوں سے دیکھ کر اسے گود میں اٹھا لیا اور بہلانے لگے۔ آخر نصیر کو جب یقین ہو گیا کہ دایہ مٹھائی لینے گئی ہے تو اسے تسکین ہوئی۔ مگر شام ہوتے ہی اس نے پھر چیخنا شروع کیا۔ ''انا مٹھائی لائی؟'' اس طرح دو تین دن گزر گئے۔ نصیر کو انا کی رٹ لگانے اور رونے کے سوا اور کوئی کام نہ تھا۔ وہ بے ضرر کتا جو ایک لمحہ کے لیے اس کی گود سے جدا نہ ہوتا تھا۔

وہ بے زبان بلی جسے طاق پر بیٹھے دیکھ کر وہ خوشی سے پھولا نہ سماتا تھا۔ وہ طائر بے پرواز جس پر وہ جان دیتا تھا۔ سب اس کی نظروں سے گر گئے۔ وہ ان کی طرف آنکھ اٹھا کر بھی نہ دیکھتا۔ انا جیسی جیتی جاگتی پیار کرنے والی، گود میں لے کر گھمانے والی، تھپک تھپک کر سلانے والی گا گا کر خوش کرنے والی چیز کی جگہ ان بے جان، بے زبان چیزوں سے پر نہ ہو سکتی تھی۔ وہ اکثر سوتے سوتے چونک پڑتا۔ اور انا انا پکار کر رونے لگتا۔ کبھی دروازہ پر جاتا اور انا انا پکار کر ہاتھوں سے اشارہ کرتا۔ گویا اسے بلا رہا ہے۔ انا کی خالی کوٹھڑی میں جا کر گھنٹوں بیٹھا رہتا۔ اسے امید ہوتی تھی کہ انا یہاں آتی ہوگی۔

اس کوٹھڑی کا دروازہ بند پاتا تو جا کر کواڑ کھٹکھٹاتا کہ شاید انا اندر چھپی بیٹھی ہو۔ صدر دروازہ کھلتے سنتا تو انا انا کہہ کر دوڑتا۔ سمجھتا کہ انا آگئی۔ اس کا گدرایا ہوا بدن گھل گیا۔ گلاب کے سے رخسار سوکھ گئے۔ ماں اور باپ دونوں اس کی موہنی ہنسی کے لیے ترس ترس کر رہ جاتے۔ اگر بہت گدگدانے اور چھیڑنے سے ہنستا بھی تو ایسا معلوم ہوتا دل سے نہیں محض دل رکھنے کے لیے ہنس رہا ہے۔ اسے

اب دودھ سے رغبت تھی نہ مصری سے۔ نہ میوہ سے نہ میٹھے بسکٹ سے۔ نہ تازی امرتیوں سے۔ ان میں مزہ تھا جب انا اپنے ہاتھوں سے کھلاتی تھی۔ اب ان میں مزہ نہ تھا۔ دو سال کا ہونہار لہلہاتا ہوا شاداب پودا مرجھا کر رہ گیا۔ وہ لڑکا جسے گود میں اٹھاتے ہی نرمی گرمی اور زبان کا احساس ہوتا تھا۔ اب استخواں کا ایک پتلا رہ گیا تھا۔ شاکرہ بچہ کی یہ حالت دیکھ دیکھ کر اندر ہی اندر کڑھتی اور اپنی حماقت پر پچھتاتی۔ صابر حسین جو فطرتاً خلوت پسند آدمی تھے اب نصیر کو گود سے جدا نہ کرتے تھے۔ اسے روز ہوا کھلانے جاتے۔ نت نئے کھلونے لاتے۔ پر مرجھایا ہوا پودا کسی طرح نہ پنپتا تھا۔ دایہ اس کی دنیا کا آفتاب تھی۔ اس قدرتی حرارت اور روشنی سے محروم ہو کر سبزی کی بہار کیونکر دکھاتا؟ دایہ کے بغیر اسے چاروں طرف اندھیرا سناٹا نظر آتا تھا۔ دوسری انا تیسرے ہی دن رکھ لی تھی۔ پر نصیر اس کی صورت دیکھتے ہی منہ چھپا لیتا تھا۔ گویا وہ کوئی دیونی یا بھتنی ہے۔ عالم وجود میں دایہ کو نہ دیکھ کر نصیر اب زیادہ تر عالم خیال میں رہتا۔ وہاں اس کی اپنی انا چلتی پھرتی نظر آتی تھی۔ اس کی وہی گود تھی۔ وہی محبت۔ وہی پیاری

باتیں۔ وہی پیارے پیارے گیت۔ وہی مزے دار مٹھائیاں۔ وہی سہانا سنسار وہی دل کش لیل و نہار۔ اکیلے بیٹھے انا سے باتیں کرتا۔ انا کتا بھونکے، انا گائے دودھ دیتی۔ انا اجلا اجلا گھوڑا دوڑتا۔ سویرا ہوتے ہی لوٹا لے کر دایہ کی کوٹھڑی میں جاتا، اور کہتا، ''انا پانی پی'' دودھ کا گلاس لے کر اس کی کوٹھڑی میں رکھ آتا اور کہتا، ''انا دودھ پلا۔'' اپنی چارپائی پر تکیہ رکھ کر چادر سے ڈھانک دیتا اور کہتا، ''انا سوتی۔'' شاکرہ کھانے بیٹھتی تو رکابیاں اٹھا اٹھا انا کی کوٹھڑی میں لے جاتا اور کہتا، ''انا کھانا کھائے گی۔'' انا اس کے لیے اب ایک آسمانی وجود تھی۔ جس کی واپسی کی اسے مطلق امید نہ تھی۔ وہ محض گذشتہ خوشیوں کی دل کش یادگار تھی۔ جس کی یاد ہی اس کا سب کچھ تھی۔ نصیر کے انداز میں رفتہ رفتہ طفلانہ شوخی اور بے تابی کی جگہ ایک حسرت ناک توکل ایک مایوسانہ خوشی نظر آنے لگی۔ اس طرح تین ہفتے گزر گئے۔ برسات کا موسم تھا۔ کبھی شدت کی گرمی۔ کبھی ہوا کے ٹھنڈے جھونکے۔ بخار اور زکام کا زور تھا۔ نصیر کی نجافت ان موسمی تغیرات کو برداشت نہ کر سکی۔ شاکرہ احتیاطاً اسے فلالین کا کرتا پہنائے رکھتی۔ اسے پانی

کے قریب نہ جانے دیتی۔ ننگے پاؤں ایک قدم نہ چلنے دیتی۔ مگر رطوبت کا اثر ہو ہی گیا۔ نصیر کھانسی میں مبتلا ہو گیا۔

صبح کا وقت تھا۔ نصیر چارپائی پر آنکھیں بند کیئے پڑا تھا۔ ڈاکٹروں کا علاج بے سود ہو رہا تھا۔ شاکرہ چارپائی پر بیٹھی اس کے سینہ پر تیل کی مالش کر رہی تھی اور صابر حسین صورت غم بنے ہوئے بچہ کو پر درد نگاہوں سے دیکھ رہے تھے۔ اس طرف وہ شاکرہ سے بہت کم بولتے تھے۔ انہیں اس سے ایک نفرت سی ہوتی تھی۔ وہ نصیر کی اس بیماری کا سارا الزام اسی کے سر رکھتے تھے۔ وہ ان کی نگاہوں میں نہایت کم ظرف سفلہ مزاج بے حس عورت تھی۔

شاکرہ نے ڈرتے ڈرتے کہا، ''آج بڑے حکیم صاحب کو بلا لیتے۔ شاید انہیں کی دوا سے فائدہ ہو۔''

صابر حسین نے کالی گھٹاؤں کی طرف دیکھ کر ترشی سے جواب دیا، ''بڑے حکیم نہیں۔ لقمان بھی آئیں تو اسے کوئی فائدہ نہ ہو گا۔''

شاکرہ: ''تو کیا اب کسی کی دوا ہی نہ ہو گی؟''

صابر: ''بس اس کی ایک ہی دوا ہے اور وہ نایاب ہے۔''

شاکرہ: ''تمہیں تو وہی دھن سوار ہے۔ کیا عباسی امرت پلا دے گی؟''

صابر: ''ہاں وہ تمہارے لیے چاہے زہر ہو۔ لیکن بچے کے لیے امرت ہی ہو گی۔''

شاکرہ: ''میں نہیں سمجھتی کہ اللہ کی مرضی میں اسے اتنا دخل ہے۔''

صابر: ''اگر نہیں سمجھتی ہو اور اب تک نہیں سمجھا تو روؤ گی۔ بچے سے ہاتھ دھونا پڑے گا۔''

شاکرہ: ''چپ بھی رہو۔ کیسا شگون زبان سے نکالتے ہو۔ اگر ایسی جلی کٹی سنانی ہیں تو یہاں سے چلے جاؤ۔''

صابر: ''ہاں تو میں جاتا ہوں۔ مگر یاد رکھو یہ خون تمہاری گردن پر ہو گا۔ اگر لڑکے کو پھر تندرست دیکھنا چاہتی ہو تو اس عباسی کے پاس جاؤ۔ اس کی منت کرو، التجا کرو۔ تمہارے بچے کی جان اسی کے رحم پر منحصر ہے۔''

شاکرہ نے کچھ جواب نہ دیا۔ اس کی آنکھوں سے آنسو جاری تھے۔

صابر حسین نے پوچھا، ”کیا مرضی ہے۔ جاؤں اسے تلاش کروں؟“

شاکرہ: ”تم کیوں جاؤ گے۔ میں خود چلی جاؤں گی۔“

صابر: ”نہیں۔ معاف کرو۔ مجھے تمہارے اوپر اعتبار نہیں ہے۔ نہ جانے تمہارے منہ سے کیا نکل جائے کہ وہ آتی بھی ہو تو نہ آئے۔“

شاکرہ نے شوہر کی طرف نگاہ ملامت سے دیکھ کر کہا۔ ”ہاں اور کیا۔ مجھے اپنے بچے کی بیماری کا قلق تھوڑے ہی ہے۔ میں نے شرم کے مارے تم سے کہا نہیں لیکن میرے دل میں بار بار یہ خیال پیدا ہوا ہے اگر مجھے دایہ کے مکان کا پتہ معلوم ہوتا تو میں اسے کب کی منا لائی ہوتی۔ وہ مجھ سے کتنی ہی ناراض ہو لیکن نصیر سے اسے محبت تھی۔ میں آج ہی اس کے پاس جاؤں گی۔ اس کے قدموں کو آنسوؤں سے تر کر دوں گی اور وہ جس طرح راضی ہوگی اسے راضی کروں گی۔“

شاکرہ نے بہت ضبط کر کے یہ باتیں کہیں۔ مگر امڈے ہوئے آنسو اب نہ رک سکے۔ صابر حسین نے بیوی کی طرف ہمدردانہ نگاہ سے دیکھا اور نادم ہو کر بولے، ”میں تمہارا جانا مناسب نہیں سمجھتا۔ میں خود ہی جاتا ہوں۔“

عباسی دنیا میں اکیلی تھی۔ کسی زمانے میں اس کا خاندان گلاب کا سرسبز شاداب درخت تھا۔ مگر رفتہ رفتہ خزاں نے سب پتیاں گرادیں۔ بادحوادث نے درخت کو پامال کردیا۔ اوراب یہی سوکھی ٹہنی ہرے بھرے درخت کی یادگار باقی تھی۔ مگر نصیر کو پا کراس کی سوکھی ٹہنی میں جان سی پڑ گئی تھی۔ اس میں ہری پتیاں نکل آئی تھیں۔ وہ زندگی جواب تک خشک اورپامال تھی اس میں پھر رنگ و بو کے آثار پیدا ہو گئے تھے۔ اندھیرے بیابان میں بھٹکے ہوئے مسافر کو شمع کی جھلک نظر آنے لگی تھی۔ اب اس کا جوئے حیات سنگ ریزوں سے نہ ٹکراتا تھا وہ اب ایک گلزار کی آبیاری کرتا تھا۔ اب اس کی زندگی مہمل نہیں تھی۔ اس میں معنی پیدا ہو گئے تھے۔

عباسی، نصیر کی بھولی باتوں پر نثار ہو گئی۔ مگر وہ اپنی محبت کو شاکرہ سے چھپاتی تھی۔ اس لیے کہ ماں کے دل میں رشک نہ ہو۔ وہ نصیر کے لیے ماں سے چھپ کر مٹھائیاں لاتی اوراسے کھلا کر خوش ہوتی۔ وہ دن میں دو دو تین تین بار اسے ابٹن ملتی کہ بچہ خوب پروان چڑھے۔ وہ اسے دوسروں کے سامنے کوئی چیز نہ

کھلاتی کہ بچے کو نظر نہ لگ جائے۔ ہمیشہ دوسروں سے بچے کی کم خوری کا رونا رویا کرتی۔ اسے نظر بد سے بچانے کے لیے تعویذ اور گنڈے لاتی رہتی یہ اس کی خالص مادرانہ محبت تھی۔ جس میں اپنے روحانی اختلاط کے سوا اور کوئی غرض نہ تھی۔

اس گھر سے نکل کر آج عباسی کی وہ حالت ہو گئی جو تھیٹر میں یکا یک بجلیوں کے گل ہو جانے سے ہوتی ہے۔ اس کی آنکھوں کے سامنے وہی صورت ناچ رہی تھی۔ کانوں میں وہی پیاری پیاری باتیں گونج رہی تھیں۔ اسے اپنا گھر پھاڑے کھاتا تھا۔ اس کال کوٹھڑی میں دم گھٹا جاتا تھا۔

رات جوں توں کر کے کٹی۔ صبح کو وہ مکان میں جھاڑو دے رہی تھی۔ یکا یک تازے حلوے کی صدا سن کر بے اختیار باہر نکل آئی۔ معاً یاد آگیا۔ آج حلوہ کون کھائے گا؟ آج گود میں بیٹھ کر کون چہکے گا؟ وہ نغمہ مسرت سننے کے لیے جو حلوا کھاتے وقت نصیر کی آنکھوں سے، ہونٹوں سے اور جسم کے ایک ایک عضو

سے برستا تھا۔ عباسی کی روح تڑپ اٹھی۔ وہ بے قراری کے عالم میں گھر سے نکلی کہ چلوں نصیر کو دیکھ آؤں۔ پر آدھے راستہ سے لوٹ گئی۔

نصیر عباسی کے دھیان سے ایک لمحہ کے لیے بھی نہیں اترتا تھا۔ وہ سوتے سوتے چونک پڑتی۔ معلوم ہوتا، نصیر ڈنڈے کا گھوڑا دبائے چلا آتا ہے۔ پڑوسنوں کے پاس جاتی تو نصیر ہی کا چرچا کرتی۔ اس کے گھر کوئی آتا تو نصیر ہی کا ذکر کرتی۔ نصیر اس کے دل اور جان میں بسا ہوا تھا۔ شاکرہ کی بے رخی اور بدسلوکی کے ملال کے لیے اس میں جگہ نہ تھی۔

وہ روز ارادہ کرتی کہ آج نصیر کو دیکھنے جاؤں گی۔ اس کے لیے بازار سے کھلونے اور مٹھائیاں لاتی۔ گھر سے چلتی۔ لیکن کبھی آدھے راستہ سے لوٹ آتی۔ کبھی دو چار قدم سے آگے نہ بڑھا جاتا۔ کون منہ لے کر جاؤں؟ جو محبت کو فریب سمجھتا ہو، اسے کون منہ دکھاؤں۔ کبھی سوچتی کہیں نصیر مجھے نہ پہچانے تو بچوں کی محبت کا اعتبار؟ نئی دایہ سے پرچ گیا ہو۔ یہ خیال اس کے پیروں پر زنجیر کا کام کرجاتا تھا۔

اس طرح دو ہفتے گزر گئے۔ عباسی کا دل ہر دم اچاٹ رہتا۔ جیسے اسے کوئی لمبا سفر درپیش ہو۔ گھر کی چیزیں جہاں کی تہاں پڑی رہتیں۔ نہ کھانے کی فکر نہ کپڑے کی۔ بدنی ضروریات بھی خلاء دل کو پر کرنے میں لگی ہوئی تھیں۔ عباسی کی حالت اس وقت پالتو چڑیا کی سی تھی جو قفس سے نکل کر پھر کسی گوشہ کی تلاش میں ہو۔ اسے اپنے تئیں بھلا دینے کا یہ ایک بہانہ مل گیا۔ آمادہ سفر ہو گئی۔

آسمان پر کالی گھٹائیں چھائی ہوئی تھیں اور ہلکی ہلکی پھواریں پڑ رہی تھیں۔ دہلی اسٹیشن پر زائرین کا ہجوم تھا۔ کچھ گاڑیوں میں بیٹھے تھے، کچھ اپنے گھر والوں سے رخصت ہو رہے تھے۔ چاروں طرف ایک کہرام سا مچا ہوا تھا۔ دنیا اس وقت بھی جانے والوں کے دامن پکڑے ہوئے تھی۔ کوئی بیوی سے تاکید کر رہا تھا۔ دھان کٹ جائے تو تالاب والے کھیت میں مٹر بو دینا اور رباغ کے پاس گیہوں۔ کوئی اپنے جوان لڑکے کو سمجھا رہا تھا۔ اسامیوں پر بقایا لگان کی نالش کرنے میں دیر نہ کرنا اور دو روپیہ سیکڑہ سود ضرور مجرا کر لینا۔ ایک بوڑھے تاجر صاحب اپنے منیم سے کہہ رہے تھے۔ مال آنے میں دیر ہو تو خود چلے جائیے گا اور چلتو مال لیجیے گا۔

ورنہ روپیہ پھنس جائے گا۔ مگر خال خال ایسی صورتیں بھی نظر آتی تھیں جن پر مذہبی ارادت کا جلوہ تھا۔

وہ یا تو خاموش آسمان کی طرف تاکتی تھیں یا محو تسبیح خوانی تھیں۔ عباسی بھی ایک گاڑی میں بیٹھی سوچ رہی تھی۔ ان بھلے آدمیوں کو اب بھی دنیا کی فکر نہیں چھوڑتی۔ وہی خرید و فروخت لین دین کے چرچے نصیر اس وقت یہاں ہوتا تو بہت روتا۔ میری گود سے کسی طرح نہ اترتا۔ لوٹ کر ضرور اسے دیکھنے جاؤں گی۔ یا اللہ کسی طرح گاڑی چلے۔ گرمی کے مارے کلیجہ بھنا جاتا ہے۔ اتنی گھٹا امڈی ہوئی ہے۔ برسنے کا نام ہی نہیں لیتی۔ معلوم نہیں یہ ریل والے کیوں دیر کر رہے ہیں؟ جھوٹ موٹ ادھر ادھر دوڑتے پھرتے ہیں یہ نہیں کہ چٹ پٹ گاڑی کھول دیں۔ مسافروں کی جان میں جان آئے۔ یکایک اس نے صابر حسین کو بائیسکل لیے پلیٹ فارم پر آتے دیکھا۔ ان کا چہرہ اترا ہوا تھا اور کپڑے تر تھے۔ وہ گاڑیوں میں جھانکنے لگے۔ عباسی محض یہ دکھانے کے لیے کہ میں بھی

حج کرنے جا رہی ہوں۔ گاڑی سے باہر نکل آئی۔ صابر حسین اسے دیکھتے ہی لپک کر قریب آئے اور بولے، ”کیوں عباسی تم بھی حج کو چلیں؟“

عباسی نے فخریہ انکسار سے کہا، ”ہاں! یہاں کیا کروں؟ زندگی کا کوئی ٹھکانا نہیں۔ معلوم نہیں کب آنکھیں بند ہو جائیں۔ خدا کے یہاں منہ دکھانے کے لیے بھی تو کوئی سامان چاہیئے۔ نصیر میاں تو اچھی طرح ہیں؟“

صابر: ”اب تو تم جا رہی ہو۔ نصیر کا حال پوچھ کر کیا کرو گی۔ اس کے لیے دعا کرتی رہنا۔“

عباسی کا سینہ دھڑکنے لگا۔ گھبرا کر بولی، ”کیا دشمنوں کی طبیعت اچھی نہیں ہے؟“

صابر: ”اس کی طبیعت تو اسی دن سے خراب ہے جس دن تم وہاں سے نکلیں۔ کوئی دو ہفتہ تک تو شب روز انا انا کی رٹ لگاتا رہا۔ اور اب ایک ہفتہ سے کھانسی اور بخار میں مبتلا ہے۔ ساری دوائیں کر کے ہار گیا۔ کوئی نفع ہی نہیں ہوتا۔ میں نے ارادہ کیا تھا۔ چل کر تمہاری منت سماجت کر کے لے چلوں۔ کیا جانے

تمہیں دیکھ کر اس کی طبیعت کچھ سنبھل جائے۔ لیکن تمہارے گھر پر آیا۔ تو معلوم ہوا کہ تم حج کرنے جا رہی ہو۔ اب کس منہ سے چلنے کو کہوں۔ تمہارے ساتھ سلوک ہی کون سا اچھا کیا تھا کہ اتنی جرأت کر سکوں اور پھر کار ثواب میں رخنہ ڈالنے کا بھی خیال ہے۔ جاؤ! اس کا خدا حافظ ہے۔ حیات باقی ہے تو صحت ہو ہی جائے گی۔ ورنہ مشیت ایزدی سے کیا چارہ؟''

عباسی کی آنکھوں میں اندھیرا چھا گیا۔ سامنے چیزیں تیرتی ہوئی معلوم ہوئیں۔ دل پر ایک عجیب وحشت کا غلبہ ہوا۔ دل سے دعا نکلی۔ ''اللہ میری جان کے صدقے۔ میرے نصیر کا بال بیکا نہ ہو۔'' رقت سے گلا بھر آیا۔ میں کیسی سنگ دل ہوں۔ پیارا بچہ رو رو کر ہلکان ہو گیا اور اسے دیکھنے تک نہ گئی۔ شاکرہ بدمزاج سہی، بدزبان سہی۔ نصیر نے میرا کیا بگاڑا تھا؟ میں نے ماں کا بدلہ نصیر سے لیا۔ یا خدا میرا گناہ بخشیو! پیارا نصیر میرے لیے ہڑک رہا ہے (اس خیال سے عباسی کا کلیجہ مسوس اٹھا اور آنکھوں سے آنسو بہہ نکلے) مجھے کیا معلوم تھا کہ اسے مجھ سے

اتنی محبت ہے۔ ورنہ شاکرہ کی جوتیاں کھاتیں اور گھر سے قدم نہ نکالتی۔ آہ! نہ معلوم بچارے کی کیا حالت ہے؟ انداز وحشت میں بولی، ''دودھ تو پیتے ہیں نا؟''

صابر: ''تم دودھ پینے کو کہتی ہو۔ اس نے دو دن سے آنکھیں تو کھولیں نہیں۔''

عباسی: ''یا میرے اللہ! ارے او قلی، قلی! بیٹا! آ کے میرا اسباب گاڑی سے اتار دے۔ اب مجھے جح وج کی نہیں سوجھتی۔ ہاں بیٹا! جلدی کر۔ میاں دیکھئے کوئی یکہ ہو تو ٹھیک کر لیجیے!''

یکہ روانہ ہوا۔ سامنے سڑک پر کئی بگھیاں کھڑی تھیں۔ گھوڑا آہستہ آہستہ چل رہا تھا۔ عباسی بار بار جھنجلاتی تھی اور یکہ بان سے کہتی تھی، ''بیٹا جلدی کر! میں تجھے کچھ زیادہ دے دوں گی۔'' راستے میں مسافروں کی بھیڑ دیکھ کر اسے غصہ آتا تھا اس کا جی چاہتا تھا گھوڑے کے پر لگ جاتے۔ لیکن جب صابر حسین کا مکان قریب آ گیا تو عباسی کا سینہ زور سے اچھلنے لگا۔ بار بار دل سے دعاء نکلنے لگی۔ خدا کرے۔ سب خیر و عافیت ہو۔

یکہ صابر حسین کی گلی میں داخل ہوا۔ دفعتہً عباسی کو رونے کی آواز آئی۔ اس کا کلیجہ منہ کو آگیا۔ سر تیورا گیا، معلوم ہوا۔ دریا میں ڈوبی جاتی ہوں جی چاہا یکہ سے کود پڑوں۔ مگر ذرا دیر میں معلوم ہوا کو عورت میکہ سے بدا ہو رہی ہے۔ تسکین ہوئی۔ آخر صابر حسین کا مکان آ پہنچا۔ عباسی نے ڈرتے ڈرے دروازے کی طرف تاکا۔ جیسے کوئی گھر سے بھاگا ہوا یتیم لڑکا شام کو بھوکا پیاسا گھر آئے۔ اور دروازے کی طرف سہمی ہوئی نگاہ سے دیکھے کہ کوئی بیٹھا تو نہیں ہے۔ دروازہ پر سناٹا چھایا ہوا تھا۔ باورچی بیٹھا حقہ پی رہا تھا۔ عباسی کو ذرا ڈھارس ہوئی۔ گھر میں داخل ہوئی تو دیکھا کہ نئی دایہ بیٹھی پولٹس پکا رہی ہے۔ کلیجہ مضبوط ہوا۔ شاکرہ کے کمرے میں گئی تو اس کا دل گرما کی دوپہری دھوپ کی طرح کانپ رہا تھا۔ شاکرہ نصیر کو گود میں لیے دروازے کی طرف ٹکٹکی لگائے تاک رہی تھی۔ غم اور یاس کی زندہ تصویر۔

عباسی نے شاکرہ سے کچھ نہیں پوچھا۔ نصیر کو اس کی گود سے لے لیا۔ اور اس کے منہ کی طرف چشم پرنم سے دیکھ کر کہا، ''بیٹا! نصیر آنکھیں کھولو۔''

نصیر نے آنکھیں کھولیں۔ ایک لمحہ تک دایہ کو خاموش دیکھتا رہا۔ تب یکایک دایہ کے گلے سے لپٹ گیا اور بولا، ''انا آئی۔ انا آئی۔'' نصیر کا زرد مرجھایا ہوا چہرہ روشن ہو گیا۔ جیسے بجھتے ہوئے چراغ میں تیل جائے۔ ایسا معلوم ہوا گویا وہ کچھ بڑھ گیا ہے۔

ایک ہفتہ گزر گیا۔ صبح کا وقت تھا۔ نصیر آنگن میں کھیل رہا تھا۔ صابر حسین نے آ کر اسے گود میں اٹھا لیا اور پیار کر کے بولے۔ ''تمہاری انا کو مار کر بھگا دیں؟''

نصیر نے منہ بنا کر کہا، ''نہیں روئے گی۔''

عباسی بولی، ''کیوں بیٹا! مجھے تو تو نے کعبہ شریف نہ جانے دیا۔ میرے حج کا ثواب کون دے گا؟''

صابر حسین نے مسکرا کر کہا، ''تمہیں اس سے کہیں زیادہ ثواب ہو گیا۔ اس حج کا نام حج اکبر ہے۔''

***

دو بیل

جانوروں میں گدھا سب سے بیوقوف سمجھا جاتا ہے۔ جب ہم کسی شخص کو پرلے درجہ کا احمق کہنا چاہتے ہیں تو اسے گدھا کہتے ہیں۔ گدھا واقعی بیوقوف ہے۔ یا اس کی سادہ لوحی اور انتہا درجہ کی قوتِ برداشت نے اسے یہ خطاب دلوایا ہے۔ اس کا تصفیہ نہیں ہو سکتا۔

گائے شریف جانور ہے۔ مگر سینگ مارتی ہے۔ کتّا بھی غریب جانور ہے لیکن کبھی کبھی اسے غصّہ بھی آجاتا ہے۔ مگر گدھے کو کبھی غصّہ نہیں آتا جتنا جی چاہے

مار لو۔ چاہے جیسی خراب سڑی ہوئی گھاس سامنے ڈال دو۔ اس کے چہرے پر ناراضگی کے آثار کبھی نظر نہ آئیں گے۔ اپریل میں شاید کبھی کلیل کر لیتا ہو۔ پر ہم نے اسے کبھی خوش ہوتے نہیں دیکھا۔ اس کے چہرے پر ایک مستقل مایوسی چھائی رہتی ہے سکھ دکھ، نفع نقصان سے کبھی اسے شاد ہوتے نہیں دیکھا۔ رشی منیوں کی جس قدر خوبیاں ہیں۔ سب اس میں بدرجہ اتم موجود ہیں لیکن آدمی اسے بیوقوف کہتا ہے۔ اعلیٰ خصلتوں کی ایسی توہین ہم نے اور کہیں نہیں دیکھی۔ ممکن ہے دنیا میں سیدھے پن کے لیے جگہ نہ ہو۔

لیکن گدھے کا ایک بھائی اور بھی ہے۔ جو اس سے کچھ کم ہی گدھا ہے اور وہ ہے بیل، جن معنوں میں ہم گدھے کا لفظ استعمال کرتے ہیں کچھ لوگ ایسے بھی ہیں۔ جو بیل کو بیوقوفوں کا سردار کہنے کو تیار ہیں۔ مگر ہمارا خیال ایسا نہیں۔ بیل کبھی کبھی مارتا۔ کبھی کبھی اڑیل بیل بھی دیکھنے میں آتے ہیں۔ اور کبھی کئی طریقوں سے وہ اپنی ناپسندیدگی اور ناراضگی کا اظہار کر دیتا ہے۔ لہٰذا اس کا درجہ گدھے سے نیچے ہے۔

جھوری کاچھی کے پاس دو بیل تھے۔ ایک کا نام ہیرا تھا دوسرے کا موتی۔ دونوں پچھائیں نسل کے تھے۔ دیکھنے میں خوبصورت کام میں چوکس ڈیل ڈول میں اونچے۔ بہت دنوں سے ایک ساتھ رہتے رہتے دونوں میں محبت سی ہوگئی۔ دونوں آمنے سامنے یا ایک دوسرے کے پاس بیٹھے زبانِ خاموش میں ایک دوسرے سے بات چیت کرتے تھے وہ ایک دوسرے کے دل کی بات کیوں کر سمجھ جاتے تھے۔ یہ ہم نہیں کہہ سکتے۔ ضرور ان میں کوئی نہ کوئی ناقابلِ فہم قوت تھی۔ جس کے سمجھنے سے اشرف المخلوقات ہونے کا مدعی انسان محروم ہے۔ دونوں ایک دوسرے کو چاٹ کر اور سونگھ کر اپنی محبت کا اظہار کرتے تھے۔ کبھی دونوں سینگ ملا لیا کرتے تھے۔ عناد سے نہیں محض زندہ دلی سے محض ہنسی مذاق سے جیسے یار دوستوں میں کبھی کبھی دھول دھپّا ہو جاتا ہے۔ اس کے بغیر دوستی کچھ پھیکی اور ہلکی سی رہتی ہے۔ جس پر زیادہ اعتماد نہیں کیا جا سکتا۔

جس وقت یہ دونوں بیل ہل یا گاڑی میں جوتے جاتے اور گردنیں ہلا ہلا کر چلتے تو ہر ایک کی یہی کوشش ہوتی تھی کہ زیادہ بوجھ میری ہی گردن پر رہے۔ کام کے بعد دوپہر یا شام کو کھلتے، تو ایک دوسرے کو چوم چاٹ کر اپنی تھکان اتار لیتے۔ ناند میں کھلی بھوسا پڑ جانے کے بعد دونوں ایک ساتھ اٹھتے۔ ایک ساتھ ناند میں منہ ڈالتے اور ایک ہی ساتھ بیٹھتے ایک منہ ہٹا لیتا تو دوسرا بھی ہٹا لیتا تھا۔

ایک مرتبہ جھوری نے دونوں بیل چند دنوں کے لیے اپنے سسرال بھیجے، بیلوں کو کیا معلوم وہ کیوں بھیجے جاتے ہیں۔ سمجھے مالک نے ہمیں بیچ دیا کون جانے بیلوں کو اپنا بیچا جانا پسند آیا یا نہیں۔ لیکن جھوری کے سالے کو انھیں اپنے گاؤں تک لے جانے میں دانتوں پسینہ آگیا۔ پیچھے سے ہانکتا تو دونوں دائیں بائیں بھاگتے۔ آگے سے پکڑ کر کھینچتا تو دونوں پیچھے کو زور لگاتے۔ مارتا تو دونوں سینگ نیچے کر کے پھنکارتے۔ اگر ان بے زبانوں کے زبان ہوتی تو جھوری سے پوچھتے تم نے ہم غریبوں کو کیوں نکال دیا۔ ہم نے تمھاری خدمت کرنے میں کبھی کوتاہی نہیں کی۔ اگر اتنی محنت سے کام نہ چلتا تھا۔ تو اور کام لے لیتے۔ ہم

کو انکار نہ تھا۔ ہمیں تمھاری خدمت میں مر جانا قبول تھا۔ ہم نے کبھی دانے چارے کی شکایت نہیں کی۔ تم نے جو کچھ کھلایا سر جھکا کر کھالیا۔ پھر تم نے ہمیں اس ظالم کے ہاتھ کیوں بیچ دیا؟

شام کے وقت دونوں بیل گیا کے گاؤں میں جا پہنچے دن بھر بھوکے تھے۔ لیکن جب ناند میں لگائے تو کسی نے بھی اس میں منہ نہ ڈالا۔ دونوں کا دل بھاری ہو رہا تھا۔ جسے انھوں نے اپنا گھر سمجھا تھا وہ آج ان سے چھوٹ گیا یہ نیا گھر نیا گاؤں نئے آدمی سب انھیں بے گانے لگتے تھے۔ دونوں نے چپ کی زبان میں کچھ باتیں کیں۔ ایک دوسرے کو کنکھیوں سے دیکھا اور لیٹ گئے۔

جب گاؤں میں سوتا پڑ گیا تو دونوں نے زور مار کر پگھتے تڑا لیے اور گھر کی طرف چلے۔ پگھتے مضبوط تھے کسی کو شبہہ بھی نہ ہو سکتا تھا کہ بیل انھیں توڑ سکیں گے پر ان دونوں میں اس وقت دگنی طاقت آگئی تھی۔ ایک جھٹکے میں رسیاں ٹوٹ گئیں۔

جھوری نے صبح اٹھ کر دیکھا کہ دونوں بیل چرنی پر کھڑے تھے دونوں کی گردنوں میں آدھا آدھا رسہ لٹک رہا تھا۔ گھٹنوں تک پاؤں کیچڑ میں بھرے ہوئے تھے اور دونوں کی آنکھوں میں محبت اور ناراضگی جھلک رہی تھی۔ جھوری ان کو دیکھ کر محبت سے باؤلا ہو گیا۔ اور دوڑ کر ان کے گلے سے لپٹ گیا انسان اور حیوان کی محبت کا یہ منظر نہایت دلکش تھا۔

گھر اور گاؤں کے لڑکے جمع ہو گئے اور تالیاں بجا بجا کر ان کا خیر مقدم کرنے لگے۔ گاؤں کی تاریخ میں یہ واقعہ اپنی قسم کا پہلا نہ تھا۔ مگر اہم ضرور تھا۔ بال سبھا نے فیصلہ کیا کہ ان دونوں بہادروں کا ایڈریس دیا جائے۔ کوئی اپنے گھر سے روٹیاں لایا۔ کوئی گڑ چوکر، کوئی بھوسی۔

ایک لڑکے نے کہا، ''ایسے بیل اور کسی کے پاس نہ ہوں گے۔''

دوسرے نے تائید کی، ''اتنی دور سے دونوں اکیلے چلے آئے۔''

تیسرا بولا: ''پچھلے جنم میں ضرور آدمی ہوں گے۔''

اس کی تردید کرنے کی کسی میں جرأت نہ تھی۔ سب نے کہا، ''ہاں بھائی ضرور ہوں گے۔''

جھوری کی بیوی نے بیلوں کو دروازہ پر دیکھا تو جل اٹھی اور بولی، ''کیسے نمک حرام بیل ہیں ایک دن بھی وہاں کام نہ کیا۔ اور بھاگ کھڑے ہوئے۔''

جھوری اپنے بیلوں پر یہ الزام برداشت نہ کر سکا۔ بولا، ''نمک حرام کیوں ہیں۔ چارہ دانہ نہ دیا ہوگا کیا کرتے؟''

عورت نے تنگ آ کر کہا، ''بس تم ہی بیلوں کو کھلانا جانتے ہو اور تو سبھی پانی پلا پلا کر رکھتے ہیں۔''

جھوری نے چڑھایا، ''چارہ ملتا' تو کیوں بھاگتے؟''

عورت چڑھی، ''بھاگے اس لیے کہ وہ لوگ تم جیسے بدھوؤں کی طرح بیلوں کو سہلاتے نہیں کھلاتے ہیں، تو، توڑ کر جوتتے بھی ہیں، یہ دونوں ٹھہرے کام چور بھاگ نکلے۔ اب دیکھتی ہوں کہاں سے کھلی اور چوکر آتا ہے خشک بھوسے کے سوا کچھ نہ دوں گی کھائیں چاہے مریں۔''

وہی ہوا مزدور کو تاکید کر دی گئی کہ بیلوں کو صرف خشک بھوسا دیا جائے، بیلوں نے ناند میں منہ ڈالا تو پھیکا پھیکا، نہ چکناہٹ نہ رس کیا کھائیں؟ پرامید نگاہوں سے دروازے کی طرف دیکھنے لگے۔

جھوری نے مزدور سے کہا، ''تھوڑی سی کھلی کیوں نہیں ڈال دیتا ہے؟''

مزدور: ''مالکن مجھے مار ہی ڈالے گی۔''

جھوری: ''ڈال دے تھوڑی سی۔''

مزدور: ''نہ دادا۔ بعد میں تم بھی انھیں کی سی کہو گے۔''

دوسرے دن جھوری کا سالا پھر آیا اور بیلوں کو لے چلا۔ اب کے اس نے دونوں کو گاڑی میں جوتا۔ دو چار مرتبہ موتی نے گاڑی کو کھائی میں گرانا چاہا مگر ہیرا نے سنبھال لیا۔ اس وقت دونوں میں قوتِ برداشت زیادہ تھی۔ شام کے وقت گھر پہنچ کر گیا نے دونوں کو موٹی رسیوں سے باندھا اور کل کی شرارت کا مزہ چکھایا پھر وہی خشک بھوسہ ڈال دیا۔ اپنے بیلوں کو کھلی چونی سب کچھ کھلایا۔

ہیرا اور موتی اس برتاؤ کے عادی نہ تھے۔ جھوری انھیں پھول کی چھڑی سے بھی نہ مارتا تھا اس کی آواز پر دونوں اڑنے لگتے تھے۔ یہاں مار پڑی اس پر خشک بھوسہ۔ ناند کی طرف آنکھ بھی نہ اٹھائی۔

دوسرے دن گیا نے بیلوں کو ہل میں جوتا پر ان دونوں نے جیسے پاؤں اٹھانے کی قسم کھالی تھی۔ وہ مارتے مارتے تھک گیا۔ مگر انھوں نے قدم نہ اٹھایا۔ ایک مرتبہ جب اس ظالم نے ہیرا کی ناک پر ڈنڈا جمایا تو موتی غصّہ کے مارے آپے سے باہر ہو گیا۔ ہل لے بھاگا، ہل رسی اور جوا جوت سب ٹوٹ کر برابر ہو گئے۔ گلے میں بڑی بڑی رسیاں نہ ہوتیں، تو دونوں نکل گئے تھے۔ ہیرا نے زبان خاموش سے کہا، ''بھاگنا مشکل ہے۔''

موتی نے بھی نگاہوں سے جواب دیا، ''تمھاری تو اس نے جان لے لی تھی۔ اب کے بڑی مار پڑے گی۔''

ہیرا: ''پڑنے دو۔ بیل کا جنم لیا ہے تو مار سے کہاں بچیں گے۔''

گیا دو آدمیوں کے ساتھ دوڑا آ رہا ہے۔ دونوں کے ہاتھوں میں لاٹھیاں ہیں۔

موتی : ''کہو تو میں بھی دکھا دوں کچھ مزا؟

ہیرا : ''نہیں بھائی کھڑے ہو جاؤ۔''

موتی : ''مجھے مارے گا، تو میں ایک آدھ کو گرادوں گا۔''

ہیرا : ''یہ ہمارا دھرم نہیں ہے۔''

موتی دل میں اینٹھ کر رہ گیا۔ اتنے میں گیا آپہنچا اور دونوں کو پکڑ کر لے چلا۔ خیریت ہوئی کہ اس نے اس وقت مار پیٹ نہ کی۔ نہیں تو موتی بھی تیار تھا۔ اس کے تیور دیکھ کر سہم گیا اور اس کے ساتھی سمجھ گئے کہ اس وقت ٹال جانا ہی مصلحت ہے۔

آج دونوں کے سامنے پھر وہی خشک بھوسا لایا گیا۔ دونوں چپ چاپ کھڑے رہے۔ گھر کے لوگ کھانا کھانے لگے۔ اسی وقت ایک چھوٹی سی لڑکی دو روٹیاں لیے نکلی اور دونوں کے منہ میں دے کر چلی گئی۔ اس ایک ایک روٹی سے ان کی بھوک تو کیا مٹتی مگر دونوں کے دل کو کھانا مل گیا۔ معلوم ہوا۔ یہاں بھی کوئی

صاحب دل رہتا ہے یہ لڑکی گیا کی تھی اس کی ماں مر چکی تھی۔ سوتیلی ماں اسے مارتی تھی اس لیے ان بیلوں سے اسے ہمدردی تھی۔

دونوں دن بھر جوتے جاتے۔ اڑتے، ڈنڈے کھاتے۔ شام کو تھان پر باندھ دیے جاتے اور رات کو وہی لڑکی انھیں ایک ایک روٹی دے جاتی۔ محبت کے اس کھانے کی یہ برکت تھی، کہ دو چار خشک بھوسے کے لقمے کھا کر بھی دونوں کمزور نہ ہوتے تھے۔ دونوں کی آنکھوں کی نس نس میں سرکشی بھری تھی۔

ایک دن چپ کی زبان میں موتی نے کہا، ''اب تو نہیں سہا جاتا ہیرا۔''

ہیرا، ''کیا کرنا چاہیے؟''

موتی: ''گیا کو سینگ پر اٹھا کر پھینک دوں؟''

ہیرا: ''مگر وہ لڑکی اس کی بیٹی ہے اسے مار کر گراؤ گے تو وہ یتیم ہو جائے گی۔''

موتی: ''تو مالکن کو پھینک دوں، وہ لڑکی کو ہر روز مارتی ہے۔''

ہیرا: ''عورت کو مارو گے بڑے بہادر ہو۔''

موتی: ''تم کسی طرح نکلنے ہی نہیں دیتے تو آؤ آج رسّا تڑا کر بھاگ چلیں۔''

ہیرا : ''ہاں یہ ٹھیک ہے لیکن ایسی موٹی رسّی ٹوٹے گی کیونکر۔''

موتی : ''پہلے رسّی کو چبا لو پھر جھٹکا دے کر تڑا لو۔''

رات کو جب لڑکی روٹیاں دے کر چلی گئی۔ دونوں رسّیاں چبانے لگے۔ پر موٹی رسّی منہ میں نہ آتی تھی۔ بچارے بار بار زور لگا کر رہ جاتے۔

معاً گھر کا دروازہ کھلا اور وہی لڑکی نکلی دونوں سر جھکا کر اس کے ہاتھ چاٹنے لگے۔ دونوں کی دُمیں کھڑی ہو گئیں۔ اس نے ان کی پیشانی سہلائی اور بولی، ''کھول دیتی ہوں۔ بھاگ جاؤ۔ نہیں تو یہ لوگ تمھیں مار ڈالیں گے۔ آج گھر میں مشہور ہو رہا ہے کہ تمھاری ناک میں ناتھ ڈال دی جائیں۔''

اس نے دونوں کے رسّے کھول دیے، پر دونوں چپ چاپ کھڑے رہے۔

موتی نے اپنی زبان میں پوچھا، ''اب چلتے کیوں نہیں؟''

ہیرا نے جواب دیا، ''اس غریب پر آفت آ جائے گی۔ سب اسی پر شبہہ کریں گے۔''

یکایک لڑکی چلاّئی او دادا۔ او دادا۔ دونوں پھوپھا والے بیل بھاگے جا رہے ہیں۔ دوڑو۔ دونوں بیل بھاگے جا رہے ہیں۔"

گیا گھبرا کر باہر نکلا اور بیلوں کو پکڑنے چلا۔ بیل بھاگے گیا نے پیچھا کیا وہ اور بھی تیز ہو گئے۔ گیا نے شور مچایا پھر گاؤں کے کچھ اور آدمیوں کو ساتھ لانے کے لیے لوٹا۔ دونوں بیلوں کو بھاگنے کا موقع مل گیا۔ سیدھے دوڑے چلے گئے یہاں تک کہ راستہ کا خیال نہ رہا۔ جس راہ سے یہاں آئے تھے اس کا پتہ نہ تھا نئے نئے گاؤں ملنے لگے۔ تب دونوں ایک کھیت کے کنارے کھڑے ہو کر سوچنے لگے۔ کہ اب کیا کرنا چاہیے؟

ہیرا نے اپنی زبان میں کہا، "معلوم ہوتا ہے راستہ بھول گئے۔"

موتی: "تم بھی بے تحاشا بھاگے وہیں اسے مار گراتے۔"

ہیرا: "اسے مار گراتے تو دنیا کیا کہتی وہ اپنا دھرم چھوڑ دے لیکن ہم اپنا دھرم کیونکر چھوڑ دیں۔"

دونوں بھوک سے بے حال ہو رہے تھے۔ کھیت میں مٹر کھڑی تھی چرنے لگے۔ رہ رہ کر آہٹ لے رہے تھے کہ کوئی آ تو نہیں رہا۔ جب پیٹ بھر گیا اور دونوں کو آزادی کا احساس ہوا تو اچھلنے کودنے لگے۔ پہلے ڈکار لی پھر سینگ ملائے اور ایک دوسرے کو دھکیلنے لگے۔ موتی نے ہیرا کو کئی قدم پیچھے ہٹا دیا۔ یہاں تک کہ وہ ایک کھائی میں گر گیا۔ تب اسے بھی غصّہ آیا سنبھل کر اٹھا اور پھر موتی سے لڑنے لگا۔ موتی نے دیکھا کہ کھیل میں جھگڑا ہوا چاہتا ہے تو ایک طرف ہٹ گیا۔

ارے یہ کیا کوئی سانڈ ڈونکتا چلا آتا ہے۔ ہاں سانڈ ہی تو ہے وہ سامنے آ پہنچا دونوں دوست تذبذب میں پڑ گئے۔ سانڈ بھی پورا ہاتھی۔ اس سے لڑنا جان سے ہاتھ دھونا تھا لیکن نہ لڑنے سے بھی جان بچتی نظر نہ آتی تھی۔ انھیں کی طرف آ رہا تھا کتنا جسیم تھا۔

موتی نے کہا، ''بُرے پھنسے جان کیسے بچے گی؟ کوئی طریقہ سوچو۔''

ہیرا نے کہا، ''غرور سے اندھا ہو رہا ہے منّت سماجت کبھی نہ سنے گا۔''

موتی : ''بھاگ کیوں نہ چلیں؟''

ہیرا : ''بھاگنا پست ہمتی ہے۔''

موتی : ''تو تم یہیں مرو۔ بندہ نو دو گیارہ ہوتا ہے۔''

ہیرا : ''اور جو دوڑ آئے تو پھر۔؟''

موتی : ''کوئی طریقہ بتاؤ۔ لیکن ذرا جلدی۔ وہ تو آ پہنچا۔''

ہیرا : ''طریقہ یہی ہے کہ ہم دونوں ایک ساتھ حملہ کردیں۔ میں آگے سے اس کو دھکیلوں تم پیچھے سے دھکیلو۔ دیکھتے دیکھتے بھاگ کھڑا ہوگا۔ جوں ہی مجھ پر حملہ کرے تم پیٹ میں سینگ چبھو دینا۔ جان جوکھوں کا کام ہے۔ لیکن دوسرا کوئی طریقہ نہیں۔''

دونوں دوست جان ہتھیلیوں پر لے کر آگے بڑھے سانڈ کو کبھی منظّم دشمن سے لڑنے کا اتفاق نہ ہوا تھا۔ وہ انفرادی جنگ کا عادی تھا جوں ہی ہیرا پر جھپٹا موتی نے پیچھے سے ہلّہ بول دیا۔ سانڈ اس کی طرف مڑا تو ہیرا نے دھکیلنا شروع کیا۔ سانڈ چاہتا تھا ایک ایک کرکے دونوں کر گرا لے۔ پھر یہ بھی استاد تھے اسے یہ

موقعہ ہی نہ دیتے تھے۔ ایک مرتبہ سانڈ جھلّا کر ہیرا کو ہلاک کرنے چلا۔ تو موتی نے بغل سے آکر اس کے پیٹ میں سینگ رکھ دیے۔ بے چارہ زخمی ہو کر بھاگا اور دونوں فتحیاب دوستوں نے دور تک اس کا تعاقب کیا۔ یہاں تک کہ سانڈ بے دم ہو کر گر پڑا۔ تب دونوں نے اس کا پیچھا چھوڑ دیا۔

دونوں بیل فتح کے نشہ میں جھومتے چلے جاتے تھے۔ موتی نے اپنے اشاروں کی زبان میں کہا، ''میرا جی تو چاہتا تھا کہ بچّہ جی کو مار ہی ڈالوں۔''

ہیرا: ''گرے ہوئے دشمن پر سینگ چلانا نا مناسب ہے۔''

موتی: ''یہ سب فضول ہے اگر اس کا داؤ چلتا تو کبھی نہ چھوڑتا۔''

ہیرا: ''اب کیسے گھر پہنچو گے؟ یہ سوچو۔''

موتی: ''پہلے کچھ کھالیں تو سوچیں ابھی عقل کام نہیں کرتی۔''

یہ کہ کر موتی مٹر کے کھیت میں گھس گیا ہیرا منع کرتا ہی رہ گیا لیکن اس نے ایک نہ سنی۔ ابھی دو ہی چار منہ مارے تھے کہ دو آدمی لاٹھیاں لیے آ گئے اور دونوں بیلوں کو گھیر لیا۔ ہیرا تو مینڈ پر تھا۔ نکل گیا موتی کھیت میں تھا۔ اس کے کھر کیچڑ

میں دھنسنے لگے نہ بھاگ سکا۔ پکڑا گیا۔ ہیرا نے دیکھا دوست تکلیف میں ہے تو لوٹ پڑا۔ پھنسیں گے، تو اکٹھے۔ رکھوالوں نے اسے بھی پکڑ لیا۔ دوسرے دن دونوں دوست کانجی ہاؤس میں تھے۔

ان کی زندگی میں یہ پہلا موقعہ تھا کہ سارا دن گذر گیا اور کھانے کو ایک تنکا بھی نہ ملا۔ سمجھ میں نہ آتا تھا۔ یہ کیسا مالک ہے اس سے تو گیا ہی اچھا تھا۔ وہاں کئی بھینسیں تھیں، کئی بکریاں، کئی گھوڑے، کئی گدھے چارہ کسی کے سامنے بھی نہ تھا۔ سب زمین پر مردے کی طرح پڑے تھے۔ کئی تو اس قدر کمزور ہو گئے تھے کہ کھڑے بھی نہ ہو سکتے تھے۔ سارا دن دروازہ کی طرف دیکھتے رہے۔ مگر چارہ لے کر نہ آیا تب غریبوں نے دیوار کی نمکین مٹّی چاٹنی شروع کی مگر اس سے کیا تسکین ہو سکتی تھی؟

جب رات کو بھی کھانا نہ ملا، تو ہیرا کے دل میں سرکشی کے خیالات پیدا ہوئے۔ موتی سے بولا۔ ''مجھے تو ایسا معلوم ہوتا ہے کہ جان نکل رہی ہے۔''

موتی۔ ''اتنی جلدی ہمت نہ ہارو بھائی۔ یہاں سے بھاگنے کا طریقہ سوچو۔''

ہیرا : ''آؤ دیوار توڑ ڈالیں۔''

موتی : ''مجھ سے تو اب کچھ نہ ہوگا۔''

ہیرا : ''بس اسی بوتے پر اکڑتے تھے۔''

موتی : ''ساری اکڑ نکل گئی بھائی۔''

باڑے کی دیوار کچی تھی ہیرا نے اپنے نوکیلے سینگ دیوار میں گاڑ دیے اور زور سے مارا تو مٹّی کا ایک چیڑ نکل آیا۔ اس سے اس کا حوصلہ بڑھ گیا۔ اس نے دوڑ دوڑ کر دیوار سے ٹکّریں ماریں ہر ٹکّر میں تھوڑی مٹّی گرنے لگی۔

اتنے میں کانجی ہاوس کا چوکیدار لالٹین لے کر جانوروں کی حاضری لینے آنکلا۔ ہیرا کی وحشت دیکھ کر اس نے اسے کئی ڈنڈے رسید کیے اور موٹی سی رسّی سے باندھ دیا۔

موتی نے پڑے پڑے اس کی طرف دیکھا گویا زبان حال سے کہا آخر مار کھائی کیا ملا۔

ہیرا : ''زور تو آزمالیا۔''

موتی : ''ایسا زور کس کام کا۔ اور بندھن میں پڑ گئے۔''

ہیرا : ''اس سے باز نہ آؤں گا۔ خواہ بندھن بڑھتے جائیں۔''

موتی : ''جان سے ہاتھ دھو بیٹھو گے۔''

ہیرا : ''اس کی مجھے پرواہ نہیں۔ یوں بھی مرنا ہے ذرا سوچو اگر دیوار گر جاتی، تو کتنی جانیں بچ جاتیں۔ اتنے بھائی یہاں بند ہیں کسی کے جسم میں جان بھی نہیں۔ دو چار دن یہی حال رہا تو سب مر جائیں گے۔''

موتی نے بھی دیوار میں اسی جگہ سینگ مارا۔ تھوڑی سی مٹّی گری اور ہمّت بڑھی تو دیوار میں سینگ لگا کر اس طرح زور کرنے لگا۔ جیسے کسی سے لڑ رہا ہو۔ آخر کوئی دو گھنٹہ کی زور آزمائی کے بعد دیوار کا کچھ حصّہ گر گیا۔ اس نے دوگنی طاقت سے دوسرا دھکّا لگایا تو آدھی دیوار گر پڑی۔

دیوار کا گرنا تھا کہ نیم جان جانور اُٹھ کھڑے ہوئے تینوں گھوڑیاں بھاگ نکلیں۔ بھیڑ بکریاں نکلیں۔ اس کے بعد بھینسیں بھی کھسک گئیں۔ پر گدھے ابھی کھڑے تھے۔

ہیرا نے پوچھا۔ ''تم کیوں نہیں جاتے؟''

ایک گدھے نے کہا، ''کہیں پھر پکڑ لیے جائیں تو؟''

ہیرا: ''پکڑ لیے جاؤ پھر دیکھا جائے گا اس وقت تو موقعہ ہے۔''

گدھا: ''ہمیں ڈر لگتا ہے ہم نہ بھاگیں گے۔''

آدھی رات گذر چکی تھی۔ دونوں گدھے کھڑے سوچ رہے تھے بھاگیں یا نہ بھاگیں۔ موتی اپنے دوست کی رسّی کاٹنے میں مصروف تھا جب وہ ہار گیا تو ہیرا نے کہا۔ تم جاؤ مجھے یہیں رہنے دو۔ شاید کبھی ملاقات ہو جائے۔

موتی نے آنکھوں میں آنسو لا کر کہا، ''تم مجھے خود غرض سمجھتے ہو ہیرا، ہم اور تم اتنے دنوں ساتھ رہے۔ آج تم مصیبت میں پھنسے۔ تو میں چھوڑ کر بھاگ جاؤں۔''

ہیرا: ''بہت مار پڑے گی۔ سمجھ جائیں گے یہ تمہاری شرارت ہے۔''

موتی: ''جس قصور کے لیے تمہارے گلے میں رسّا پڑا۔ اس کے لیے اگر مجھ پر مار پڑے گی۔ تو کیا بات ہے اتنا تو ہو گیا کہ نو دس جانوروں کی جان بچ گئی۔'' یہ کہہ کر

موتی نے دونوں گدھوں کو سینگ مار مار کر باہر نکال دیا اور اپنے دوست کے پاس آکر سو گیا۔

صبح ہوتے ہوتے منشیوں، چوکیداروں اور دوسرے ملازموں میں کھلبلی مچ گئی۔

اس کے بعد موتی کی مرمت ہوئی اور اسے بھی موٹی رسّی سے باندھ دیا گیا۔

ایک ہفتہ تک دونوں بیل بندھے پڑے رہے۔ خدا جانے اس کانجی ہاؤس کے آدمی کیسے بے درد تھے، کہ کسی نے چارے کو ایک تنکا تک نہ ڈالا۔ ہاں ایک مرتبہ پانی دکھا دیا جاتا تھا۔ یہی ان کی خوراک تھی۔ دونوں اتنے کمزور ہو گئے کہ اٹھا تک نہ جاتا تھا۔ ہڈیاں نکل آئیں۔

ایک دن باڑے کے سامنے ڈگڈگی بجنے لگی۔ اور دوپہر ہوتے ہوتے پچاس ساٹھ آدمی جمع ہو گئے۔ تب دونوں بیل نکالے گئے اور ان کی دیکھ بھال ہونے لگی۔ لوگ آآکر ان کی صورت دیکھتے اور چلے جاتے تھے۔ ایسے نیم جان بیلوں کو کون خریدتا؟

معاً ایک آدمی جس کی آنکھیں سرخ تھیں اور جس کے چہرہ پر سخت دلی کے آثار نمایاں تھے۔ آیا اور منشی جی سے باتیں کرنے لگا۔ اس کی شکل دیکھ کر کسی نا معلوم احساس سے دونوں بیل کانپ اٹھے۔ وہ کون ہے اور انھیں کیوں خریدتا ہے؟ اس کے متعلق انھیں کوئی شبہہ نہ رہا۔ دونوں نے ایک دوسرے کی طرف دیکھا اور سر جھکا لیا۔

ہیرا نے کہا: ''گیا کے گھر سے ناحق بھاگے۔ اب جان نہ بچے گی۔''

موتی نے جواب دیا، ''کہتے ہیں۔ بھگوان سب پر مہربانی کرتے ہیں۔'' انھیں ہماری حالت پر رحم کیوں نہیں آتا؟''

ہیرا: ''بھگوان کے لیے ہمارا مرنا جینا دونوں برابر ہیں۔''

موتی: ''چلو اچھا ہے کچھ دن ان کے پاس رہیں گے۔''

ہیرا: ''ایک مرتبہ بھگوان نے اس لڑکی کے روپ میں بچایا تھا کیا اب نہ بچائیں گے۔''

موتی: ''یہ آدمی چھری چلائے گا دیکھ لینا۔''

ہیرا: ''معمولی بات ہے مر کر ان دکھوں سے چھوٹ جائیں گے۔''

نیلام ہو جانے کے بعد دونوں بیل اس آدمی کے ساتھ چلے دونوں کی بوٹی بوٹی کانپ رہی تھی۔ بچارے پاؤں تک نہ اٹھا سکتے تھے۔ مگر ڈر کے مارے چلے جاتے تھے ذرا بھی آہستہ چلتے تو ڈنڈا جما دیتا تھا۔

راہ میں گائے بیلوں کا ایک ریوڑ مرغزالہ میں چرتا نظر آیا۔ سبھی جانور خوش تھے کوئی اچھلتا تھا کوئی بیٹھا جگالی کرتا تھا کیسی پر مسرت زندگی تھی۔ لیکن وہ کیسے خود غرض تھے کسی کو ان کی پرواہ نہ تھی۔ کسی کو خیال نہ تھا، کہ ان کے دو بھائی موت کے پنجہ میں گرفتار ہیں۔

معاً انھیں ایسا معلوم ہوا، کہ یہ راستہ دیکھا ہوا ہے۔ ہاں ادھر ہی تو سے گیا ان کو اپنے گاؤں لے گیا تھا۔ وہی کھیت ہیں وہی باغ وہی گاؤں۔ اب ان کی رفتار تیز ہونے لگی۔ ساری تھکان، ساری کمزوری، ساری مایوسی رفع ہو گئی۔ ارے یہ تو اپنا کھیت آگیا۔ یہ اپنا کنواں ہے۔ جہاں ہر روز پانی پیا کرتے تھے۔

موتی نے کہا، ''ہمارا گھر نزدیک آگیا۔''

ہیرا بولا، ''بھگوان کی مہربانی ہے۔''

موتی : ''میں تو اب گھر بھاگتا ہوں۔''

ہیرا : ''یہ جانے بھی دے گا اتنا سوچ لو۔''

موتی : ''اسے مار گراتا ہوں۔ جب تک سنبھلے تب تک گھر جا پہنچیں گے۔''

ہیرا : ''نہیں ڈور کر تھان تک چلو۔ وہاں سے آگے نہ چلیں گے۔''

دونوں مست ہو کر بچھڑوں کی طرح کلیلیں کرتے ہوئے گھر کی طرف دوڑے اور اپنے تھان پر جا کر کھڑے ہو گئے۔ وہ آدمی بھی پیچھے پیچھے دوڑا آتا تھا۔

جھوری دروازہ پر بیٹھا دھوپ کھا رہا تھا۔ بیلوں کو دیکھتے ہی دوڑا۔ اور انھیں پیار کرنے لگا۔ بیلوں کی آنکھوں سے آنسو بہنے لگے۔ ایک جھوری کا ہاتھ چاٹ رہا تھا۔ دوسرا پیر۔

اس آدمی نے آکر بیلوں کی رسّیاں پکڑلیں۔ جھوری نے کہا، ''یہ بیل میرے ہیں۔''

''تمھارے کیسے ہیں۔ میں نے نیلام میں لیے ہیں۔''

جھوری : ''میرا خیال ہے چرا کر لائے ہو چپکے سے چلے جاؤ بیل میرے ہیں بیچوں گا تو بکیں گے، کسی کو میرے بیل کو بیچنے کا کیا حق ہے؟''

''میں نے تو خریدے ہیں۔''

''خریدے ہوں گے۔''

اس پر وہ آدمی زبردستی بیلوں کو لے جانے کے لیے آگے بڑھا۔ اسی وقت موتی نے سینگ چلایا۔ وہ آدمی پیچھے ہٹا۔ موتی نے تعاقب کیا۔ اور اسے ریلتا ہوا گاؤں کے باہر تک لے گیا۔ اور تب اس کا راستہ روک کھڑا ہو گیا وہ آدمی دور کھڑا دھمکیاں دیتا تھا۔ گالیاں دیتا تھا۔ پتھر پھینکتا تھا اور موتی اس کا راستہ روکے ہوئے تھا۔ گاؤں کے لوگ یہ تماشہ دیکھتے تھے اور ہنستے تھے۔

جب وہ آدمی ہار کے چلا گیا تو موتی اکڑتا ہوا لوٹ آیا۔ ہیرا نے کہا، ''میں ڈر رہا تھا کہ کہیں تم اسے مار نہ بیٹھو۔''

موتی : ''اگر نزدیک آتا تو ضرور مارتا۔''

ہیرا : ''اب نہ آئے گا۔''

موتی : ''آئے گا تو دور ہی سے خبر لوں گا۔ دیکھوں کیسے لے جاتا ہے۔''

ذرا دیر میں ناند میں کھلی بھوسہ چوکر دانہ سب کچھ بھر دیا گیا۔ دونوں بیل کھانے لگے۔

جھوری کھڑا ان کی طرف دیکھتا اور خوش ہوتا تھا۔ بیسیوں لڑکے تماشہ دیکھ رہے تھے سارا گاؤں مسکراتا معلوم ہوتا تھا۔

اسی وقت مالکن نے آکر اپنے دونوں بیلوں کے ماتھے چوم لیے۔

***

عیدگاہ

(۱)

رمضان کے پورے تیس روزوں کے بعد آج عید آئی۔ کتنی سہانی اور رنگین صبح ہے۔ بچے کی طرح پر تبسم، درختوں پر کچھ عجیب ہریاول ہے۔ کھیتوں میں کچھ عجیب رونق ہے۔ آسمان پر کچھ عجیب فضا ہے۔ آج کا آفتاب دیکھ کتنا پیارا ہے گویا دنیا کو عید کی خوشی پر مبارکباد دے رہا ہے۔ گاؤں میں کتنی چہل پہل ہے۔

عید گاہ جانے کی دھوم ہے۔ کسی کے کرتے میں بٹن نہیں ہیں تو سوئی تاگا لینے دوڑے جا رہا ہے۔ کسی کے جوتے سخت ہو گئے ہیں۔ اسے تیل اور پانی سے نرم کر رہا ہے۔ جلدی جلدی بیلوں کو سانی پانی دے دیں۔ عید گاہ سے لوٹتے لوٹتے دوپہر ہو جائے گی۔

- - -

تین کوس کا پیدل راستہ پھر سینکڑوں رشتے قرابت والوں سے ملنا ملانا۔ دوپہر سے پہلے لوٹنا غیر ممکن ہے۔ لڑکے سب سے زیادہ خوش ہیں۔ کسی نے ایک روزہ رکھا، وہ بھی دوپہر تک۔ کسی نے وہ بھی نہیں لیکن عید گاہ جانے کی خوشی ان کا حصہ ہے۔ روزے بڑے بوڑھوں کے لئے ہوں گے، بچوں کے لئے تو عید ہے۔ روز عید کا نام رٹتے تھے آج وہ آ گئی۔ اب جلدی پڑی ہوئی ہے کہ عید گاہ کیوں نہیں چلتے۔ انہیں گھر کی فکروں سے کیا واسطہ؟ سویّوں کے لئے گھر

میں دودھ اور شکر میوے ہیں یا نہیں، اس کی انہیں کیا فکر؟ وہ کیا جانیں ابا کیوں بدحواس گاؤں کے مہاجن چودھری قاسم علی کے گھر دوڑے جا رہے ہیں۔

ان کی اپنی جیبوں میں تو قارون کا خزانہ رکھا ہوا ہے۔ بار بار جیب سے خزانہ نکال کر گنتے ہیں۔ دوستوں کو دکھاتے ہیں اور خوش ہو کر رکھ لیتے ہیں۔ ان ہی دو چار پیسوں میں دنیا کی سات نعمتیں لائیں گے۔ کھلونے اور مٹھائیاں اور بگل اور خدا جانے کیا کیا۔ سب سے زیادہ خوش ہے حامد۔ وہ چار سال کا غریب خوب صورت بچہ ہے۔ جس کا باپ پچھلے سال ہیضہ کی نذر ہو گیا تھا اور ماں نہ جانے کیوں زرد ہوتی ہوتی ایک دن مر گئی۔ کسی کو پتہ نہ چلا کہ بیماری کیا ہے؟ کہتی کس سے؟ کون سننے والا تھا؟ دل پر جو گزرتی تھی سہتی تھی اور جب نہ سہا گیا تو دنیا سے رخصت ہو گئی۔ اب حامد اپنی بوڑھی دادی امینہ کی گود میں سوتا ہے اور اتنا ہی خوش ہے۔ اس کے ابا جان بڑی دور روپے کمانے گئے تھے اور بہت سی

تھیلیاں لے کر آئیں گے۔ امی جان اللہ میاں کے گھر مٹھائی لینے گئی ہیں۔ اس لئے خاموش ہے۔ حامد کے پاؤں میں جوتے نہیں ہیں۔ سر پر ایک پرانی دھرانی ٹوپی ہے جس کا گوٹہ سیاہ ہو گیا ہے پھر بھی وہ خوش ہے۔ جب اس کے ابّا جان تھیلیاں اور اماں جان نعمتیں لے کر آئیں گے تب وہ دل کے ارمان نکالے گا۔ تب دیکھے گا کہ محمود اور محسن آذر اور سمیع کہاں سے اتنے پیسے لاتے ہیں۔ دنیا اپنی مصیبتوں کی ساری فوج لے کر آئے، اس کی ایک نگاہِ معصوم اسے پامال کرنے کے لئے کافی ہے۔

حامد اندر جا کر ایمنہ سے کہتا ہے، تم ڈرنا نہیں امّاں! میں گاؤں والوں کا ساتھ نہ چھوڑوں گا۔ بالکل نہ ڈرنا لیکن ایمنہ کا دل نہیں مانتا۔ گاؤں کے بچے اپنے اپنے باپ کے ساتھ جا رہے ہیں۔ حامد کیا اکیلا ہی جائے گا۔ اس بھیڑ بھاڑ میں کہیں کھو

جائے تو کیا ہو؟ نہیں امینہ اسے تنہا نہ جانے دے گی۔ ننھی سی جان۔ تین کوس چلے گا تو پاؤں میں چھالے نہ پڑ جائیں گے؟

مگر وہ چلی جائے تو یہاں سوّیاں کون پکائے گا، بھوکا پیاسا دوپہر کو لوٹے گا، کیا اس وقت سوّیاں پکانے بیٹھے گی۔ رونا تو یہ ہے کہ امینہ کے پاس پیسے نہیں ہیں۔ اس نے فہیمن کے کپڑے سیے تھے۔ آٹھ آنے پیسے ملے تھے۔ اس اٹھنی کو ایمان کی طرح بچاتی چلی آئی تھی اس عید کے لئے۔ لیکن گھر میں پیسے اور نہ تھے اور گوالن کے پیسے اور چڑھ گئے تھے، دینے پڑے۔ حامد کے لئے روز دو پیسے کا دودھ تو لینا پڑتا ہے اب کل دو آنے پیسے بچ رہے ہیں۔ تین پیسے حامد کی جیب میں اور پانچ امینہ کے بٹوے میں۔ یہی بساط ہے۔ اللہ ہی بیڑا پار کرے گا۔ دھوبن مہترانی اور نائن بھی تو آئیں گی۔ سب کو سوّیاں چاہئیں۔ کس کس سے منہ چھپائے؟ سال بھر کا تہوار ہے۔ زندگی خیریت سے رہے۔ ان کی تقدیر بھی تو اس کے ساتھ ہے بچّے کو خدا اسلامت رکھے یہ دن بھی یوں ہی کٹ جائیں گے۔

گاؤں سے لوگ چلے اور حامد بھی بچّوں کے ساتھ تھا۔ سب کے سب دوڑ کر نکل جاتے۔ پھر کسی درخت کے نیچے کھڑے ہو کر ساتھ والوں کا انتظار کرتے۔ یہ لوگ کیوں اتنے آہستہ آہستہ چل رہے ہیں۔

شہر کا سرا شروع ہو گیا۔ سڑک کے دونوں طرف امیروں کے باغ ہیں پختہ چہار دیواری بنی ہوئی ہے۔ درختوں میں آم لگے ہوئے ہیں۔ حامد نے ایک کنکری اٹھا کر ایک آم پر نشانہ لگایا۔ مالی اندر سے گالی دیتا ہوا باہر آیا۔ بچّے وہاں سے ایک فرلانگ پر ہیں۔ خوب ہنس رہے ہیں۔ مالی کو خوب الّو بنایا۔

بڑی بڑی عمارتیں آنے لگیں۔ یہ عدالت ہے۔ یہ مدرسہ ہے۔ یہ کلب گھر ہے۔ اتنے بڑے مدرسے میں کتنے سارے لڑکے پڑھتے ہوں گے۔ لڑکے نہیں ہیں جی بڑے بڑے آدمی ہیں۔ سچ ان کی بڑی بڑی مونچھیں ہیں۔ اتنے بڑے ہو گئے اب تک پڑھنے جاتے ہیں۔ آج تو چھٹی ہے لیکن ایک بار جب پہلے آئے تھے۔ تو بہت سے داڑھی مونچھوں والے لڑکے یہاں کھیل رہے تھے۔ نہ جانے کب تک پڑھیں گے۔ اور کیا کریں گے اتنا پڑھ کر۔ گاؤں کے دیہاتی

مدرسے میں دو تین بڑے بڑے لڑکے ہیں۔ بالکل کودن غبی۔ کام سے جی چرانے والے۔ یہ لڑکے بھی اسی طرح کے ہوں گے جی۔ اور کیا نہیں۔ کیا اب تک پڑھتے ہوتے۔ وہ کلب گھر ہے۔ وہاں جادو کا کھیل ہوتا ہے۔ سنا ہے مردوں کی کھوپڑیاں اڑتی ہیں۔ آدمی بے ہوش کر دیتے ہیں۔ پھر اس سے جو کچھ پوچھتے ہیں وہ سب بتلا دیتے ہیں اور بڑے بڑے تماشے ہوتے ہیں اور میمیں بھی کھیلتی ہیں۔ سچ، ہماری اماں کو وہ دے دو۔ کیا کہلاتا ہے۔ ''بیٹ'' تو اسے گھماتے ہی لڑھک جائیں۔

محسن نے کہا، ''ہماری امّی جان تو اسے پکڑ ہی نہ سکیں۔ ہاتھ کانپنے لگیں۔ اللہ قسم'' حامد نے اس سے اختلاف کیا، چلو منوں آٹا پیس ڈالتی ہیں۔ ذرا سی بیٹ پکڑ لیں گے تو ہاتھ کانپنے لگے گا۔ سینکڑوں گھڑے پانی روز نکالتی ہیں۔ کسی میم کو ایک گھڑا پانی نکالنا پڑے تو آنکھوں تلے اندھیرا آجائے۔''

محسن، ''لیکن دوڑتی تو نہیں۔ اچھل کود نہیں سکتیں۔''

حامد، ''کام آپڑتا ہے تو دوڑ بھی لیتی ہیں ابھی اس دن تمھاری گائے کھل گئی تھی اور چودھری کے کھیت میں جا پڑی تھی تو تمھاری اماں ہی تو دوڑ کر اسے بھگا لائی تھیں۔ کتنی تیزی سے دوڑی تھیں۔ ہم تم دونوں ان سے پیچھے رہ گئے۔''

پھر آگے چلے۔ حلوائیوں کی دکانیں شروع ہو گئیں۔ آج خوب سجی ہوئی تھیں۔

''اتنی مٹھائیاں کون کھاتا ہے؟ دیکھو نا ایک ایک دکان پر منوں ہوں گی۔ سنا ہے رات کو ایک جنّات ہر ایک دکان پر جاتا ہے۔ جتنا مال بچا ہوتا ہے وہ سب خرید لیتا ہے اور سچ مچ کے روپے دیتا ہے بالکل ایسے ہی چاندی کے روپے۔''

محمود کو یقین نہ آیا، ''ایسے روپے جنّات کو کہاں سے مل جائیں گے''

محسن، ''جنّات کو روپوں کی کیا کمی؟ جس خزانہ میں چاہیں چلے جائیں کوئی انھیں دیکھ نہیں سکتا۔ لوہے کے دروازے تک نہیں روک سکتے۔ جناب آپ ہیں کس خیال میں۔ ہیرے جواہرات ان کے پاس رہتے ہیں۔ جس سے خوش ہو گئے اسے ٹوکروں جواہرات دے دیے۔ پانچ منٹ میں کہو کابل پہنچ جائیں۔''

حامد، ''جنات بہت بڑے ہوتے ہوں گے۔''

محسن، ''اور کیا ایک ایک آسمان کے برابر ہوتا ہے۔ زمین پر کھڑا ہو جائے تو اس کا سر آسمان سے جا لگے۔ مگر چاہے تو ایک لوٹے میں گھس جائے۔''

سمیع، ''سنا ہے چودھری صاحب کے قبضہ میں بہت سے جنات ہیں۔ کوئی چیز چوری چلی جائے، چودھری صاحب اس کا پتہ بتا دیں گے اور چور کا نام تک بتا دیں گے۔ جمعراتی کا بچھڑا اس دن کھو گیا تھا۔ تین دن حیران ہوئے، کہیں نہ ملا، تب جھک مار کر چودھری کے پاس گئے۔ چودھری نے کہا، مویشی خانہ میں ہے اور وہیں ملا۔ جنات آکر انھیں سب خبریں دے جایا کرتے ہیں۔''

اب ہر ایک کی سمجھ میں آگیا کہ چودھری قاسم علی کے پاس کیوں اس قدر دولت ہے اور کیوں وہ قرب و جوار کے مواضعات کے مہاجن ہیں۔ جنات آکر انھیں روپے دے جاتے ہیں۔ آگے چلیئے یہ پولیس لائن ہے۔ یہاں پولیس والے قواعد کرتے ہیں۔ رائٹ لپ، پھام پھو۔

نوری نے تصحیح کی، ''یہاں پولیس والے پہرہ دیتے ہیں۔ جب ہی تو انھیں بہت خبر ہے۔ اجی حضرت یہ لوگ چوریاں کراتے ہیں۔ شہر کے جتنے چور ڈاکو ہیں سب

ان سے ملے رہتے ہیں۔ رات کو سب ایک محلّہ میں چوروں سے کہتے ہیں اور دوسرے محلّہ میں پکارتے ہیں جاگتے رہو۔ میرے ماموں صاحب ایک تھانہ میں سپاہی ہیں۔ بیس روپے مہینہ پاتے ہیں لیکن تھیلیاں بھر بھر گھر بھیجتے ہیں۔ میں نے ایک بار پوچھا تھا، ماموں اتنے روپے آپ چاہیں تو ایک دن میں لاکھوں بار لائیں۔ ہم تو اتنا ہی لیتے ہیں جس میں اپنی بدنامی نہ ہو اور نوکری بنی رہے۔''

حامد نے تعجب سے پوچھا، ''یہ لوگ چوری کراتے ہیں تو انہیں کوئی پکڑتا نہیں؟''

نوری نے اس کی کوتاہ فہمی پر رحم کھا کر کہا، ''ارے احمق! انہیں کون پکڑے گا، پکڑنے والے تو یہ خود ہیں لیکن اللہ انہیں سزا بھی خوب دیتا ہے۔ تھوڑے دن ہوئے ماموں کے گھر میں آگ لگ گئی۔ سارا مال متاع جل گیا۔ ایک برتن تک نہ بچا۔ کئی دن تک درخت کے سائے کے نیچے سوئے، اللہ قسم پھر نہ جانے کہاں سے قرض لائے تو برتن بھانڈے آئے۔''

بستی گھنی ہونے لگی۔ عید گاہ جانے والوں کے مجمعے نظر آنے لگے۔ ایک سے ایک زرق برق پوشاک پہنے ہوئے۔ کوئی تانگے پر سوار کوئی موٹر پر چلتے تھے تو کپڑوں سے عطر کی خوشبو اڑتی تھی۔

دہقانوں کی یہ مختصر سی ٹولی اپنی بے سر و سامانی سے بے حس اپنی خستہ حالی میں مگر صابر و شاکر چلی جاتی تھی۔ جس چیز کی طرف تاکتے، تاکتے رہ جاتے اور پیچھے سے بار بار ہارن کی آواز ہونے پر بھی خبر نہ ہوتی تھی۔ محسن تو موٹر کے نیچے جاتے جاتے بچا۔

وہ عید گاہ نظر آئی۔ جماعت شروع ہوگئی ہے۔ املی کے گھنے درختوں کا سایہ ہے نیچے کھلا ہوا پختہ فرش ہے۔ جس پر جاجم بچھا ہوا ہے اور نمازیوں کی قطاریں ایک کے پیچھے دوسرے خدا جانے کہاں تک چلی گئی ہیں۔ پختہ فرش کے نیچے جاجم بھی نہیں۔ کئی قطاریں کھڑی ہیں جو آتے جاتے ہیں پیچھے کھڑے ہوتے جاتے ہیں۔ آگے اب جگہ نہیں رہی۔ یہاں کوئی رتبہ اور عہدہ نہیں دیکھتا۔ اسلام کی نگاہ میں سب برابر ہیں۔ دہقانوں نے بھی وضو کیا اور جماعت میں شامل ہو گئے۔

کتنی باقاعدہ منظم جماعت ہے، لاکھوں آدمی ایک ساتھ جھکتے ہیں، ایک ساتھ دو زانو بیٹھ جاتے ہیں اور یہ عمل بار بار ہوتا ہے ایسا معلوم ہو رہا ہے گویا بجلی کی لاکھوں بتیاں ایک ساتھ روشن ہو جائیں اور ایک ساتھ بجھ جائیں۔ کتنا پر احترام رعب انگیز نظارہ ہے۔ جس کی ہم آہنگی اور وسعت اور تعداد دلوں پر ایک وجدانی کیفیت پیدا کر دیتی ہے۔ گویا اخوت کا رشتہ ان تمام روحوں کو منسلک کئے ہوئے ہے۔

(۲)

نماز ختم ہو گئی ہے لوگ باہم گلے مل رہے ہیں۔ کچھ لوگ محتاجوں اور سائلوں کو خیرات کر رہے ہیں۔ جو آج یہاں ہزاروں جمع ہو گئے ہیں۔ ہمارے دہقانوں نے مٹھائی اور کھلونوں کی دُکانوں پر یورش کی۔ بوڑھے بھی ان دلچسپیوں میں بچوں سے کم محظوظ نہیں ہیں۔ یہ دیکھو ہنڈولا ہے۔ ایک پیسہ دے کر آسمان پر جاتے معلوم ہوں گے۔ کبھی زمین پر گرتے ہیں۔ یہ چرخی ہے۔ لکڑی کے گھوڑے، اونٹ، ہاتھی منجوں سے لٹکے ہوئے ہیں۔ ایک پیسہ دے کر بیٹھ جاؤ اور پچیس چکروں کا مزہ لو۔ محمود اور محسن دونوں ہنڈولے پر بیٹھے ہیں۔ آذر اور سمیع گھوڑوں پر۔ ان کے بزرگ اتنے ہی طفلانہ اشتیاق سے چرخی پر بیٹھے ہیں۔ حامد دور کھڑا ہے تین ہی پیسے تو اس کے پاس ہیں۔ ذرا سا چکر کھانے کے لئے وہ

اپنے خزانہ کا ثلث نہیں صرف کر سکتا۔ محسن کا باپ بار بار اسے چرخی پر بلاتا ہے لیکن وہ راضی نہیں ہوتا۔ بوڑھے کہتے ہیں اس لڑکے میں ابھی سے اپنا پرایا آگیا ہے۔ حامد سوچتا ہے، کیوں کسی کا احسان لوں؟ عسرت نے اسے ضرورت سے زیادہ ذکی الحس بنا دیا ہے۔

سب لوگ چرخی سے اترتے ہیں۔ کھلونوں کی خرید شروع ہوتی ہے۔ سپاہی اور گجریا اور راجہ رانی اور وکیل اور دھوبی اور بہشتی بے امتیاز ران سے ران ملائے بیٹھے ہیں۔ دھوبی راجہ رانی کی بغل میں ہے اور بہشتی وکیل صاحب کی بغل میں۔ واہ کتنے خوبصورت، بولا ہی چاہتے ہیں۔ محمود سپاہی پر لٹو ہو جاتا ہے۔ خاکی وردی اور پگڑی لال، کندھے پر بندوق، معلوم ہوتا ہے ابھی قواعد کے لئے چلا آ رہا ہے۔ محسن کو بہشتی پسند آیا۔ کمر جھکی ہوئی ہے اس پر مشک کا دہانہ ایک ہاتھ سے پکڑے ہوئے ہے۔ دوسرے ہاتھ میں رسی ہے، کتنا بشاش چہرہ ہے، شاید کوئی گیت گا رہا ہے۔ مشک سے پانی ٹپکتا ہوا معلوم ہوتا ہے۔ نوری کو وکیل سے مناسبت ہے۔ کتنی عالمانہ صورت ہے، سیاہ چغہ نیچے سفید اچکن، اچکن کے

سینہ کی جیب میں سنہری زنجیر، ایک ہاتھ میں قانون کی کتاب لئے ہوئے ہے۔ معلوم ہوتا ہے، ابھی کسی عدالت سے جرح یا بحث کر کے چلے آ رہے ہیں۔ یہ سب دو دو پیسے کے کھلونے ہیں۔ حامد کے پاس کل تین پیسے ہیں۔ اگر دو کا ایک کھلونا لے لے تو پھر اور کیا لے گا؟ نہیں کھلونے فضول ہیں۔ کہیں ہاتھ سے گر پڑے تو چور چور ہو جائے۔ ذرا سا پانی پڑ جائے تو سارا رنگ دھل جائے۔ ان کھلونوں کو لے کر وہ کیا کرے گا، کس مصرف کے ہیں؟

محسن کہتا ہے، ''میرا بہشتی روز پانی دے جائے گا صبح شام۔''

نوری بولی، ''اور میرا وکیل روز مقدمے لڑے گا اور روز روپے لائے گا''

حامد کھلونوں کی مذمت کرتا ہے۔ مٹی کے ہی تو ہیں، گریں تو چکنا چور ہو جائیں، لیکن ہر چیز کو للچائی ہوئی نظروں سے دیکھ رہا ہے اور چاہتا ہے کہ ذرا دیر کے لئے انہیں ہاتھ میں لے سکتا۔ یہ بساطی کی دکان ہے، طرح طرح کی ضروری چیزیں، ایک چادر بچھی ہوئی ہے۔ گیند، سیٹیاں، بگل، بھنورے، ربڑ کے کھلونے اور ہزاروں چیزیں۔ محسن ایک سیٹی لیتا ہے محمود گیند، نوری ربڑ کا بت جو چوں چوں

کرتا ہے اور سمیع ایک بانسری۔ اسے وہ بجا بجا کر گائے گا۔ حامد کھڑا ہر ایک کو حسرت سے دیکھ رہا ہے۔ جب اس کا رفیق کوئی چیز خرید لیتا ہے تو وہ بڑے اشتیاق سے ایک بار اسے ہاتھ میں لے کر دیکھنے کے لئے لپکتا ہے۔ لیکن لڑکے اتنے دوست نواز نہیں ہوتے۔ خاص کر جب کہ ابھی دلچسپی تازہ ہے۔ بے چارہ یوں ہی مایوس ہو کر رہ جاتا ہے۔

کھلونوں کے بعد مٹھائیوں کا نمبر آیا۔ کسی نے ریوڑیاں لی ہیں، کسی نے گلاب جامن، کسی نے سوہن حلوہ۔ مزے سے کھا رہے ہیں۔ حامد ان کی برادری سے خارج ہے۔ کمبخت کی جیب میں تین پیسے تو ہیں، کیوں نہیں کچھ لے کر کھاتا۔ حریص نگاہوں سے سب کی طرف دیکھتا ہے۔

محسن نے کہا، ''حامد یہ ریوڑی لے جا کتنی خوشبودار ہیں۔''

حامد سمجھ گیا یہ محض شرارت ہے۔ محسن اتنا فیاض طبع نہ تھا۔ پھر بھی وہ اس کے پاس گیا۔ محسن نے دونے سے دو تین ریوڑیاں نکالیں۔ حامد کی طرف بڑھائیں۔ حامد نے ہاتھ پھیلایا۔ محسن نے ہاتھ کھینچ لیا اور ریوڑیاں اپنے منھ میں رکھ لیں۔

محمود اور نوری اور سمیع خوب تالیاں بجا بجا کر ہنسنے لگے۔ حامد کھسیانہ ہو گیا۔ محسن نے کہا، ''اچھا اب ضرور دیں گے۔ یہ لے جاؤ۔ اللہ قسم۔''

حامد نے کہا، ''رکھیے رکھیے کیا میرے پاس پیسے نہیں ہیں؟''

سمیع بولا، ''تین ہی پیسے تو ہیں، کیا کیا لو گے؟''

محمود بولا، ''تم اس سے مت بولو، حامد میرے پاس آؤ۔ یہ گلاب جامن لے لو''

حامد، ''مٹھائی کون سی بڑی نعمت ہے۔ کتاب میں اس کی برائیاں لکھی ہیں۔''

محسن، ''لیکن جی میں کہہ رہے ہو گے کہ کچھ مل جائے تو کھالیں۔ اپنے پیسے کیوں نہیں نکالتے؟''

محمود، ''اس کی ہوشیاری میں سمجھتا ہوں۔ جب ہمارے سارے پیسے خرچ ہو جائیں گے، تب یہ مٹھائی لے گا اور ہمیں چڑا چڑا کر کھائے گا۔''

حلوائیوں کی دکانوں کے آگے کچھ دکانیں لوہے کی چیزوں کی تھیں۔ کچھ گلٹ اور ملمع کے زیورات کی۔ لڑکوں کے لئے یہاں دلچسپی کا کوئی سامان نہ تھا۔ حامد لوہے کی دُکان پر ایک لمحہ کے لئے رک گیا۔ دست پناہ رکھے ہوئے تھے۔ وہ

دست پناہ خرید لے گا۔ ماں کے پاس دست پناہ نہیں ہے۔ توے سے روٹیاں اتارتی ہیں تو ہاتھ جل جاتا ہے۔ اگر وہ دست پناہ لے جا کر اماں کو دے دے تو وہ کتنی خوش ہوں گی۔ پھر ان کی انگلیاں کبھی نہیں جلیں گی۔ گھر میں ایک کام کی چیز ہو جائے گی۔ کھلونوں سے کیا فائدہ۔ مفت میں پیسے خراب ہوتے ہیں۔ ذرا دیر ہی تو خوشی ہوتی ہے پھر تو انہیں کوئی آنکھ اٹھا کر کبھی نہیں دیکھتا۔ یا تو گھر پہنچتے پہنچتے ٹوٹ پھوٹ کر برباد ہو جائیں گے یا چھوٹے بچے جو عید گاہ نہیں جا سکتے ہیں ضد کر کے لے لیں گے اور توڑ ڈالیں گے۔

دست پناہ کتنے فائدہ کی چیز ہے۔ روٹیاں توے سے اتار لو، چولھے سے آگ نکال کر دے دو۔ اماں کو فرصت کہاں ہے بازار آئیں اور اتنے پیسے کہاں ملتے ہیں۔ روز ہاتھ جلا لیتی ہیں۔ اس کے ساتھی آگے بڑھ گئے ہیں۔ سبیل پر سب کے سب پانی پی رہے ہیں۔ کتنے لالچی ہیں۔ سب نے اتنی مٹھائیاں لیں کسی نے مجھے ایک بھی نہ دی۔ اس پر کہتے ہیں میرے ساتھ کھیلو۔ میری تختی دھو لاؤ۔ اب اگر یہاں محسن نے کوئی کام کرنے کو کہا تو خبر لوں گا۔ کھائیں مٹھائیاں،

آپ ہی منہ سڑے گا، پھوڑے پھنسیاں نکلیں گی۔ آپ ہی زبان چٹوری ہو جائے گی۔ تب پیسے چرائیں گے اور مار کھائیں گے۔

میری زبان کیوں خراب ہوگی۔ اس نے پھر سوچا، اماں دست پناہ دیکھتے ہی دوڑ کر میرے ہاتھ سے لے لیں گی اور کہیں گی۔ میرا بیٹا اپنی ماں کے لئے دست پناہ لایا ہے، ہزاروں دُعائیں دیں گی۔ پھر اسے پڑوسیوں کو دکھائیں گی۔ سارے گاؤں میں واہ واہ مچ جائے گی۔ ان لوگوں کے کھلونوں پر کون انہیں دعائیں دے گا۔ بزرگوں کی دعائیں سیدھی خدا کی درگاہ میں پہنچتی ہیں اور فوراً قبول ہوتی ہیں۔

میرے پاس بہت سے پیسے نہیں ہیں۔ جب ہی تو محسن اور محمود یوں مزاج دکھاتے ہیں۔ میں بھی ان کو مزاج دکھاؤں گا۔ وہ کھلونے کھیلیں، مٹھائیاں کھائیں میں غریب سہی۔ کسی سے کچھ مانگنے تو نہیں جاتا۔ آخر ابا کبھی نہ کبھی آئیں گے ہی پھر ان لوگوں سے پوچھوں گا کتنے کھلونے لو گے؟ ایک ایک کو ایک ٹوکری دوں اور دکھا دوں کہ دوستوں کے ساتھ اس طرح سلوک کیا جاتا ہے۔

جتنے غریب لڑکے ہیں سب کو اچھے اچھے کرتے دلوا دوں گا اور کتابیں دے

دوں گا۔ یہ نہیں کہ ایک پیسہ کی ریوڑیاں لیں تو چڑا چڑا کر کھانے لگیں۔ دست پناہ دیکھ کر سب کے سب ہنسیں گے۔ احمق تو ہیں ہی سب۔ اس نے ڈرتے ڈرتے دُکاندار سے پوچھا، ''یہ دست پناہ بیچو گے؟'' دکاندار نے اس کی طرف دیکھا اور ساتھ کوئی آدمی نہ دیکھ کر کہا، ''وہ تمہارے کام کا نہیں ہے۔''

''بکاؤ ہے یا نہیں؟''

''بکاؤ ہے جی اور یہاں کیوں لاد کر لائے ہیں''

''تو بتلاتے کیوں نہیں؟ کے پیسے کا دو گے؟''

''چھ پیسے لگے گا''

حامد کا دل بیٹھ گیا۔ کلیجہ مضبوط کر کے بولا، تین پیسے لو گے؟ اور آگے بڑھا کہ دکاندار کی گھرکیاں نہ سنے، مگر دکاندار نے گھرکیاں نہ دیں۔ دست پناہ اس کی طرف بڑھا دیا اور پیسے لے لئے۔ حامد نے دست پناہ کندھے پر رکھ لیا، گویا بندوق ہے اور شان سے اکڑتا ہوا اپنے رفیقوں کے پاس آیا۔ محسن نے ہنستے ہوئے کہا، ''یہ دست پناہ لایا ہے۔ احمق اسے کیا کرو گے؟''

حامد نے دست پناہ کو زمین پر پٹک کر کہا، ''ذرا اپنا بہشتی زمین پر گرا دو، ساری پسلیاں چور چور ہو جائیں گی بچو کی''

محمود، ''تو یہ دست پناہ کوئی کھلونا ہے؟''

حامد، ''کھلونا کیوں نہیں ہے؟ ابھی کندھے پر رکھا، بندوق ہو گیا ہاتھ میں لے لیا فقیر کا چمٹا ہو گیا۔ چاہوں تو اس سے تمہاری ناک پکڑ لوں۔ ایک چمٹا دوں تو تم لوگوں کے سارے کھلونوں کی جان نکل جائے۔ تمہارے کھلونے کتنا ہی زور لگائیں، اس کا بال بیکا نہیں کر سکتے۔ میرا بہادر شیر ہے یہ دست پناہ۔''

سمیع متاثر ہو کر بولا، ''میری خنجری سے بدلو گے؟ دو آنے کی ہے''

حامد نے خنجری کی طرف حقارت سے دیکھ کر کہا، ''میرا دست پناہ چاہے تو تمہاری خنجری کا پیٹ پھاڑ ڈالے۔ بس ایک چمڑے کی جھلی لگا دی، ڈھب ڈھب بولنے لگی۔ ذرا سا پانی لگے تو ختم ہو جائے۔ میرا بہادر دست پناہ تو آگ میں، پانی میں، آندھی میں، طوفان میں برابر ڈٹا رہے گا۔''

میلہ بہت دور پیچھے چھوٹ چکا تھا۔ دس بج رہے تھے۔ گھر پہنچنے کی جلدی تھی۔ اب دست پناہ نہیں مل سکتا تھا۔ اب کسی کے پاس پیسے بھی تو نہیں رہے، حامد ہے بڑا ہوشیار۔

اب دو فریق ہو گئے، محمود، محسن اور نوری ایک طرف۔ حامد یکہ و تنہا دوسری طرف۔ سمیع غیر جانبدار ہے. جس کی فتح دیکھے گا اس کی طرف ہو جائے گا۔ مناظرہ شروع ہو گیا۔ آج حامد کی زبان بڑی صفائی سے چل رہی ہے۔ اتحادِ ثلاثہ اس کے جارحانہ عمل سے پریشان ہو رہا ہے۔ ثلاثہ کے پاس تعداد کی طاقت ہے، حامد کے پاس حق اور اخلاق، ایک طرف مٹی ربڑ اور لکڑی کی چیزیں دوسری جانب اکیلا لوہا۔ جو اس وقت اپنے آپ کو فولاد کہہ رہا ہے۔ وہ روئیں تن ہے۔ صف شکن ہے۔ اگر کہیں شیر کی آواز کان میں آجائے تو میاں بہشتی کے اوسان خطا ہو جائیں۔ میاں سپاہی مٹی کی بندوق چھوڑ کر بھاگیں۔ وکیل صاحب کا سارا قانون پیٹ میں سما جائے۔ چغے میں منہ چھپا کر لیٹ جائیں۔ مگر بہادر یہ رستمِ ہند لپک کر شیر کی گردن پر سوار ہو جائے گا اور اس کی آنکھیں نکال لے گا۔

محسن نے ایڑی چوٹی کا زور لگا کر کہا، ''اچھا تمہارا دست پناہ پانی تو نہیں بھر سکتا۔''

حامد نے دست پناہ کو سیدھا کر کے کہا، ''کہ یہ بہشتی کو ایک ڈانٹ پلائے گا تو دوڑا ہوا پانی لا کر اس کے دروازے پر چھڑ کنے لگے گا۔ جناب اس سے چاہے گھڑے مٹکے اور کونڈے بھر لو۔''

محسن کا ناطقہ بند ہو گیا۔ نوری نے کمک پہنچائی، ''بچہ گرفتار ہو جائیں تو عدالت میں بندھے بندھے پھریں گے۔ تب تو ہمارے وکیل صاحب ہی پیروی کریں گے۔ بولئے جناب''

حامد کے پاس اس وار کا دفیعہ اتنا آسان نہ تھا، دفعتاً اس نے ذرا مہلت پا جانے کے ارادے سے پوچھا، ''اسے پکڑنے کون آئے گا؟''

محمود نے کہا، ''یہ سپاہی بندوق والا'' حامد نے منھ چڑا کر کہا ''یہ بے چارے اس رستم ہند کو پکڑلیں گے؟ اچھا لاؤ ابھی ذرا مقابلہ ہو جائے۔ اس کی صورت دیکھتے ہی بچہ کی ماں مر جائے گی۔ پکڑیں گے کیا بے چارے'' محسن نے تازہ دم ہو کر وار کیا، ''تمہارے دست پناہ کا منھ روز آگ میں جلا کرے گا۔'' حامد کے پاس

جواب تیار تھا، ''آگ میں بہادر کودتے ہیں جناب۔ تمہارے یہ وکیل اور سپاہی اور بہشتی ڈرپوک ہیں۔ سب گھر میں گھس جائیں گے۔ آگ میں کودنا وہ کام ہے جو رستم ہی کر سکتا ہے۔''

نوری نے انتہائی جودت سے کام لیا، ''تمہارا دست پناہ باورچی خانہ میں زمین پر پڑا رہے گا۔ میرا وکیل شان سے میز کرسی لگا کر بیٹھے گا'' اس جملہ نے مردوں میں بھی جان ڈال دی، سمیع بھی جیت گیا۔ بے شک بڑے معرکے کی بات کہی،

''دست پناہ باورچی خانہ میں پڑا رہے گا''

حامد نے دھاندلی کی، ''میرا دست پناہ باورچی خانہ میں رہے گا، وکیل صاحب کرسی پر بیٹھیں گے تو جا کر انھیں زمین پر پٹک دے گا اور سارا قانون ان کے پیٹ میں ڈال دے گا۔''

اس جواب میں بالکل جان نہ تھی، بالکل بے تکی سی بات تھی لیکن قانون پیٹ میں ڈالنے والی بات چھا گئی۔ تینوں سورما منھ تکتے رہ گئے۔ حامد نے میدان جیت لیا، گو ثلاثہ کے پاس ابھی گیند سیٹی اور ربط ریزرو تھے مگر ان مشین گنوں کے

سامنے ان بزدلوں کو کون پوچھتا ہے۔ دست پناہ رستمِ ہند ہے۔ اس میں کسی کو چوں چرا کی گنجائش نہیں۔

فاتح کو مفتوحوں سے وقار اور خوشامد کا خراج ملتا ہے۔ وہ حامد کو ملنے لگا اور سب نے تین تین آنے خرچ کیۓ اور کوئی کام کی چیز نہ لا سکے۔ حامد نے تین ہی پیسوں میں رنگ جما لیا۔ کھلونوں کا کیا اعتبار۔ دو ایک دن میں ٹوٹ پھوٹ جائیں گے۔ حامد کا دست پناہ تو فاتح رہے گا۔ ہمیشہ صلح کی شرطیں طے ہونے لگیں۔ محسن نے کہا، ''ذرا اپنا چمٹا دو۔ ہم بھی تو دیکھیں۔ تم چاہو تو ہمارا وکیل دیکھ لو حامد!'' ہمیں اس میں کوئی اعتراض نہیں ہے۔ وہ فیاض طبع فاتح ہے۔ دست پناہ باری باری سے محمود، محسن، نور اور سمیع سب کے ہاتھوں میں گیا اور ان کے کھلونے باری باری حامد کے ہاتھ میں آئے۔ کتنے خوبصورت کھلونے ہیں، معلوم ہوتا ہے بولا ہی چاہتے ہیں۔ مگر ان کھلونوں کے لیۓ انہیں دعا کون دے گا؟ کون کون ان کھلونوں کو دیکھ کر اتنا خوش ہوگا جتنا اماں جان دست پناہ کو دیکھ کر ہوں گی۔ اسے اپنے طرزِ عمل پر مطلق پچھتاوا نہیں ہے۔ پھر اب دست پناہ تو

ہے اور سب کا بادشاہ۔ راستے میں محمود نے ایک پیسے کی ککڑیاں لیں۔ اس میں حامد کو بھی خراج ملا حالانکہ وہ انکار کرتا رہا۔ محسن اور سمیع نے ایک ایک پیسے کے فالسے لئے، حامد کو خراج ملا۔ یہ سب رستم ہند کی برکت تھی۔

گیارہ بجے سارے گاؤں میں چہل پہل ہو گئی۔ میلے والے آ گئے۔ محسن کی چھوٹی بہن نے دوڑ کر بہشتی اس کے ہاتھ سے چھین لیا اور مارے خوشی جو اچھلی تو میاں بہشتی نیچے آ رہے اور عالمِ جاودانی کو سدھارے۔ اس پر بھائی بہن میں مار پیٹ ہوئی۔ دونوں خوب روئے۔ ان کی اماں جان یہ کہرام سن کر اور بگڑیں۔ دونوں کو اوپر سے دو دو چانٹے رسید کئے۔ میاں نوری کے وکیل صاحب کا حشر اس سے بھی بدتر ہوا۔ وکیل زمین پر یا طاق پر تو نہیں بیٹھ سکتا۔ اس کی پوزیشن کا لحاظ تو کرنا ہی ہوگا۔ دیوار میں دو کھونٹیاں گاڑی گئیں۔ ان پر چیڑ کا ایک پرانا پٹرا رکھا گیا۔ پٹرے پر سرخ رنگ کا ایک چیتھڑا بچھا دیا گیا جو بمنزلہ قالین کے تھا۔ وکیل صاحب عالم بالا پہ جلوہ افروز ہوئے۔ یہیں سے قانونی بحث کریں گے۔ نوری ایک پنکھا لے کر جھلنے لگی۔ معلوم نہیں پنکھے کی ہوا سے یا پنکھے کی چوٹ سے وکیل

صاحب عالم بالا سے دنیائے فانی میں آ رہے ۔ اور ان کی مجسمۂ خاکی کے پرزے ہوئے ۔ پھر بڑے زور کا ماتم ہوا اور وکیل صاحب کی میت پارسی دستور کے مطابق کوڑے پر پھینک دی گئی تاکہ بے کار نہ جا کر زاغ و زغن کے کام آ جائے ۔

اب رہے میاں محمود کے سپاہی ۔ وہ محترم اور ذی رعب ہستی ہے اپنے پیروں چلنے کی ذلت اسے گوارا نہیں ۔ محمود نے اپنی بکری کا بچہ پکڑا اور اس پر سپاہی کو سوار کیا ۔ محمود کی بہن ایک ہاتھ سے سپاہی کو پکڑے ہوئے تھی اور محمود بکری کے بچہ کا کان پکڑ کر اسے دروازے پر چلا رہا تھا اور اس کے دونوں بھائی سپاہی کی طرف سے 'تھونے والے دا گتے لہو' پکارتے چلتے تھے ۔ معلوم نہیں کیا ہوا، میاں سپاہی اپنے گھوڑے کی پیٹھ سے گر پڑے اور اپنی بندوق لئے زمین پر آ رہے ۔ ایک ٹانگ مضروب ہو گئی ۔ مگر کوئی مضائقہ نہیں، محمود ہوشیار ڈاکٹر ہے ۔ ڈاکٹر نگم اور بھاٹیہ اس کی شاگردی کر سکتے ہیں اور یہ ٹوٹی ٹانگ آناً فاناً میں جوڑ دے گا ۔ صرف گولر کا دودھ چاہیئے ۔ گولر کا دودھ آتا ہے ۔ ٹانگ جوڑی جاتی

ہے لیکن جوں ہی کھڑا ہوتا ہے، ٹانگ پھر الگ ہو جاتی ہے۔ عملِ جراحی ناکام ہو جاتا ہے۔ تب محمود اس کی دوسری ٹانگ بھی توڑ دیتا ہے۔ اب وہ آرام سے ایک جگہ بیٹھ سکتا ہے۔ ایک ٹانگ سے تو نہ چل سکتا تھا نہ بیٹھ سکتا تھا۔ اب وہ گوشہ میں بیٹھ کر ٹٹی کی آڑ میں شکار کھیلے گا۔

اب میاں حامد کا قصہ سنئے۔ امینہ اس کی آواز سنتے ہی دوڑی اور اسے گود میں اٹھا کر پیار کرنے لگی۔ دفعتاً اس کے ہاتھ میں چمٹا دیکھ کر چونک پڑی۔ ''یہ دست پناہ کہاں تھا بیٹا؟''

''میں نے مول لیا ہے، تین پیسے میں۔''

امینہ نے چھاتی پیٹ لی، ''یہ کیسا بے سمجھ لڑکا ہے کہ دوپہر ہو گئی۔ نہ کچھ کھایا نہ پیا۔ لایا کیا یہ دست پناہ۔ سارے میلے میں تجھے اور کوئی چیز نہ ملی۔''

حامد نے خطاوارانہ انداز سے کہا، ''تمہاری انگلیاں توے سے جل جاتی تھیں کہ نہیں؟''

امینہ کا غصہ فوراً شفقت میں تبدیل ہو گیا۔ اور شفقت بھی وہ نہیں جو منہ پر بیان ہوتی ہے اور اپنی ساری تاثیر لفظوں میں منتشر کر دیتی ہے۔ یہ بے زبان شفقت تھی۔ دردِ التجا میں ڈوبی ہوئی۔ اف کتنی نفس کشی ہے۔ کتنی جانسوزی ہے۔ غریب نے اپنے طفلانہ اشتیاق کو روکنے کے لیئے کتنا ضبط کیا۔ جب دوسرے لڑکے کھلونے لے رہے ہوں گے، مٹھائیاں کھا رہے ہوں گے، اس کا دل کتنا لہراتا ہوگا۔ اتنا ضبط اس سے ہوا۔ کیونکہ اپنی بوڑھی ماں کی یاد اسے وہاں بھی رہی۔ میرا لال میری کتنی فکر رکھتا ہے۔ اس کے دل میں ایک ایسا جذبہ پیدا ہوا کہ اس کے ہاتھ میں دنیا کی بادشاہت آ جائے اور وہ اسے حامد کے اوپر نثار کر دے۔ اور تب بڑی دلچسپ بات ہوئی۔ بڑھیا امینہ ننھی سی امینہ بن گئی۔ وہ رونے لگی۔ دامن پھیلا کر حامد کو دعائیں دیتی جاتی تھی اور آنکھوں سے آنسو کی بڑی بڑی بوندیں گراتی جاتی تھی۔ حامد اس کا راز کیا سمجھتا اور نہ شاید ہمارے بعض ناظرین ہی سمجھ سکیں۔

***